FP

Anna Prizkau

FAST EIN NEUES LEBEN

Erzählungen

FRIEDENAUER PRESSE BERLIN

Ich erwache in der Wiege –
schwarze Sonne strahlt mich an.

Ossip Mandelstam, Tristia

Thanky Panky

Meistens verkaufte Antoni seinen Körper für zwei Wochen. An Frauen, nicht an Männer. Auch seine Freunde machten das. Sie saßen an der Bar des All-inclusive-Riesen. Am Morgen tranken sie Kaffee und kauten auf dem Zuckerrohr, das die Barfrau auf jede Untertasse legte. Am Abend hatten sie Mojitos, Piña coladas oder Rum mit Cola. Sie tranken immer das, was ihre Frauen tranken.

Am ersten Tag der Alles-inklusive-Tage wusste ich noch nicht, was seine Arbeit war. Ich saß am Tisch rechts von der Theke auf einem der Sessel aus grauweißem falschen Leder. Ich zählte seine Tattoos, das Schwarz auf seiner schwarzen Haut. Ich zählte sechs, dann kam mein Vater, setzte sich und rauchte eine Zigarette, stand auf und ging zur Bar, kam wieder mit einem Cappuccino. Er nahm das Zuckerrohr von seiner Untertasse, warf es ins blaue Glas des Aschenbechers, sein Kinn lag jetzt in Falten. Er mochte nichts, was er nicht kannte. Das wusste ich.

Ich war zu alt für einen Urlaub mit meinem Vater. Die Reise hatte er mir geschenkt, deshalb sagte ich zu.

»Zum Strand?«, sagte mein Vater. Ich nickte. Er las ein Buch. Ich schlief. Abwechselnd gingen wir ins Wasser. Der Ozean war viel zu warm. Als ich am Nachmittag im Zimmer den Sand von meinen Füßen wusch, überlegte ich, worüber ich mit meinem Vater sprechen sollte. Wir redeten seit Jahren nicht, redeten nicht richtig. Seit diesem Sommertag, an dem meine Mutter zum Frühstück zwei Packungen Schlaftabletten schluckte und danach immer wieder in der Klinik war. Es gab keine Gespräche mehr. Es gab ein »Wie geht es ihr?« – »Es geht schon, mach dir keine Sorgen« und ein »Was gab's bei euch zu essen? – »Dies und das«. Sie lebten immer noch zusammen, obwohl sie sich nicht liebten. Nicht mehr. Sie kochte, er achtete darauf, dass sie ihre Medikamente nahm.

»Hast du sie angerufen?«, sagte ich im Restaurant an unserem ersten Abend.

»Ja.«

»Und?«

»Nichts und. Alles okay.«

Das Gesicht meines Vaters war gebräunt. Die Haare hatte er gewaschen, sie waren dicht und dunkel, aber die eine dicke Strähne, die ihm wie immer in die Stirn fiel, war grau und milchig. Ich wusste nicht, ob er ein schöner Mann war. Ich wusste nur, dass meine Freundinnen das immer sagten. Im Restaurant waren vielleicht zweihundert Menschen. Sie redeten über Quebec, Toronto, Montreal. Die meisten kamen aus Kanada. Wie Shelly. Sie setzte sich am dritten Abend in der Hotelbar zu uns, es war der letzte freie Sessel. Shelly war klein und breit, und die Querstreifen ihres Jerseykleides machten sie noch kleiner, breiter, beinah rund. Sie hatte große graue Augen und einen schönen Schwung der Nasenspitze – alles in ihrem Gesicht war regelmäßig und symmetrisch. Auch die drei, vier senkrechten Falten auf der Stirn, die ihren Blick verfärbten. Selbst wenn sie lachte, sah sie ernst aus. So wie jetzt. Sie lachte, weil sie vom Schnee in

Kanada erzählte. Mein Vater lächelte sie an, sprach schönes Englisch. Ich wusste nicht, dass er überhaupt Englisch sprechen konnte, und starrte auf sein Lächeln. Er sah es, sagte: »Holst du uns was zu trinken.«

An der Bartheke war die Schlange lang, die Menschen waren laut, betrunken, obwohl es erst acht Uhr am Abend war. Ich sah den Mann mit den Tattoos und lächelte. Er sah an mir vorbei, schaute drei Frauen an, die sich Mojitos holten. Drei Polinnen, voluminös und rot. Als mir die Barfrau meine Gläser gab, lehnte ich mich über den Tresen, berührte wie zufällig seinen Arm. Er legte seine dunkle, warme Hand auf meine und sah mir in die Augen, sagte »Salute« und ließ los.

Als ich mit den Getränken zurück zu unserem Tisch kam, streichelten Shellys Hände die Knie meines Vaters. Sie hatte dunkelblaue falsche Nägel und zwinkerte mir zu. Ich stellte die zwei hohen, schmalen Gläser auf den Holztisch, rauchte noch eine Zigarette und ging aufs Zimmer. Ich stand schon an der Treppe, drehte mich um und sah, wie Shelly jetzt meinem Vater gegenübersaß, wie ihre Arme auf seinen Schultern lagen – und ihre Hände strichen dabei über seinen Hinterkopf, über die Haare meines Vaters. Ich erkannte ihn kaum wieder.

Das Zimmer roch nach Chlor. Die Wände waren einmal gelb und glatt, jetzt trugen sie Verfärbungen, Risse, schwarze Flecken. Im Bad fehlten sieben Kacheln. Der Fernseher sprach nur auf Spanisch. Und der Balkon zeigte zum Pool und zu acht rot gebrannten Menschen mit Badehosen, Bikinis und mit Bier. Sie tanzten. Ich schaute Fernsehen, ohne etwas zu verstehen, bis ich einschlief.

Nachts hörte ich im Flur zwei Stimmen. Die eine war vielleicht von Shelly, die andere war vielleicht von meinem Vater.

Die Frauenstimme sagte, dass sie viel Spaß hatte, und dann: »Warum bist du so nass?«

Die Stimmen lachten. Mein Mund verzog sich und mein Bauch. Die Männerstimme war wirklich die von meinem Vater, denn er hatte das Zimmer neben mir. Ich drückte mir fest Kopfhörer in die Ohren, hörte Musik, so laut, dass mich das iPhone davor warnte. Nach einer Stunde tat der Kopf weh und in den Schläfen blitzte es. Ich machte die Musik aus und konnte nicht mehr schlafen. Die Uhr zeigte auf drei. Ich zog das Nachthemd aus und ein Kleid an, wollte zum Strand. Auf dem Weg lag die All-inclusive-Disco, ein altes Sommerlied lief laut aus ihrer Tür, und an der Ecke stand der Mann mit den Tattoos. Er trug in dieser Nacht das rote Cap nicht, das er am Morgen immer trug. In seinem Gesicht lagen jetzt Locken: Dreads. Sein Nacken und seine Schläfen waren ausrasiert. Ich lächelte. Er auch.

»Ich heiße Antoni. Wie ist dein Name? Woher kommst du?«, sagte er auf Englisch.

Ich sagte: »Deutschland.«

»Und wie alt bist du?«, sagte er und strich mit Daumen und Zeigefinger über seine Oberlippe. Seine Bartstoppeln waren durchs weiße Licht am Eingang vor der Disko erst jetzt enttarnt: Es waren Kinderbartstoppeln.

Ich sagte: »22. Und du?«

»Auch 22.« Er lächelte noch mal, hob einen Arm, um sich mit seiner Hand über den Nacken zu fahren. Wenn er den Arm so beugte, sahen seine Muskeln größer aus. Das wusste er. Wir redeten über Musik, über Versace-Sonnenbrillen, über Raúl Castro, und Antoni nahm meine Hand.

»Was ist in Deutschland deine Arbeit?«

»Ich studiere.«

»Du gehst zur Schule?« Er ließ auf einmal meine Hand los.

»Nein, zur Universität.«

»Aber du arbeitest nicht?«

»Noch nicht.« Ich sah, dass Antoni die Antwort nicht gefiel. Er holte ein Smartphone aus der Tasche und schaute auf das Display.

»Und du arbeitest im Hotel?«

»Ja.«

Er drehte sich jetzt weg, ohne die Augen vom Display zu lösen, und machte mit der Hand eine Auf-Wiedersehen-Bewegung.

Am Morgen saß er wieder an der Bar. Daneben eine der drei Polinnen. Ich trug einen roten Lippenstift, ein rotes Kleid und ging zum Tresen, bestellte einen Kaffee, beugte mich zu ihm, berührte wieder seinen Arm und ließ es wieder wie einen Zufall aussehen. Antoni aber schaute mich nicht an. Ich setzte mich beleidigt in das falsche Leder. Mein Vater kam etwas später, schaute mir in die Augen und machte sich jetzt Sorgen. Das sah ich. Nach drei Tassen Kaffee und vielen Zigaretten sagte er, dass wir spazieren sollten. Zum anderen Ort. Am Strand entlang. Wir gingen. Die All-inclusive-Liegen lagen nach einer Stunde hinter uns. Vor uns nur Ozean, Sand, Palmen. Und aus dem Nichts heraus tauchte ein Café auf. Es sah geschlossen aus, doch als wir näher kamen, sahen wir, dass es geöffnet war. Wir tranken süße Limonade und redeten. Nicht über Antoni. Nicht über Shelly. Über die letzten Jahre. Seit sieben Jahren hatte mein Vater keinen Urlaub mehr gehabt. Er hatte zwar frei, doch war zu Hause. Immer. Er konnte meine Mutter nicht alleine lassen.

Dann redeten wir über andere Jahre, die Jahre vor diesem

einen Sommertag. Mein Vater liebte sie: Er war ein junger Mann mit seiner jungen Frau in einem neuen Land mit neuer Arbeit. Er, der seine Frau gezwungen hatte, das alte Land zurückzulassen, war damals glücklich. Und alles fiel ihm leichter als seiner Frau, als meiner Mutter: Menschen kennenlernen, die Sprache lernen, arbeiten, reisen. Leben. Ich hörte, wie er von diesen Jahren sprach, und wurde traurig. Ich wollte, dass er aufhört, in der Vergangenheit zu leben. Ich wollte meinen Vater fragen, was das mit Shelly war. Ich wollte, dass es etwas war. Aber ich sagte nichts.

Mein Vater nahm mein Kinn in seine rechte Hand. »Hör auf, so unglücklich zu schauen«, sagte er.

Ich musste weinen. Wegen meiner Mutter, wegen meines Vaters, vielleicht auch wegen Antoni. Die Kehle wurde eng, ich hustete.

»Sieh dich mal um!«, sagte mein Vater und streckte seinen Arm zum Ozean, »Wir haben keine Zeit für Unglück.«

Ich dachte daran, dass er sein Unglück vielleicht selbst wollte, dass er abhängig war vom Unglück, vom Leben mit meiner Mutter. Und dachte dann, dass es vielleicht bald enden würde. Vielleicht sogar mit Shelly. Mit ihr könnte er glücklich werden, und meine Mutter ohne meinen Vater vielleicht auch. Ich hörte auf zu weinen. Ins leere Strandcafé kamen jetzt Menschen, aber es waren keine Gäste, es war eine Band. Sie spielten *Hasta siempre, comandante*. Mein Vater lächelte.

Am Abend lächelte er auch. Shelly saß wieder mit uns an der Bar. Sie war der Grund, warum er lächelte, das dachte ich und mochte sie. Die Tage waren sich sehr ähnlich. Am Morgen Antoni anschauen in der Bar, von ihm keinen Blick bekommen. Dann Frühstück, Gespräche mit meinem Vater, sein Lächeln, am Abend Zigaretten mit Shelly und mit ihm. Immer, wenn sie mich, meine Blicke nicht bemerkten, berührten sie sich wie Verliebte. An einem Abend schob mein Vater seinen Arm unter das Oberteil von Shelly und streichelte ihren Rücken. Ich tat, als ob ich es nicht sah, und tat auch so, als ob ich ihre Stimmen in der Nacht vor seiner Tür nicht hörte. Spielte dagegen immer lautere Musik. Ich wusste da noch nicht, was Shelly mit meinem Vater machen würde. Er traute ihr da noch. Wie ich.

An einem Nachmittag, an dem ich mit meinem Vater und mit Shelly zum Mittagessen schon Piña coladas gehabt hatte, gingen sie zum Strand. Ich hatte einen Kopf aus Watte – das war der viele Rum –, ich wollte spazieren. Ich lief vorbei am Lärm der Restaurants und Menschen, die Hauptstraße hinunter. Dann sah ich Antoni. Er stieg in einen Bus ein. Ich hielt ein Taxi an, sagte zum Fahrer, dass er geradeaus fahren sollte wie der Bus. Er sagte: »Deutsche?«, und ich nickte. Der Mann am Steuer erzählte etwas über Häuser, er zeigte auf die Häuser, ich hörte ihm nicht zu. Nach einer halben Stunde wurde die Straße breiter, brüchiger. Der Bus vor uns, links Ozean, rechts alte und kaputte Häuser, die aussahen wie nach einem wilden Sturm. Der Bus hielt an und Antoni stieg aus. Der Taxifahrer musste auch anhalten. »Auf Wiedersehen«, sagte er freundlich, fast auf Hochdeutsch. Die Tür öffnete ich erst, als Antoni in eine kleine Straße abbog. Ich lief ihm hinterher.

Alles sah anders aus als in der Stadt. Wesen, die nur noch Knochen waren und früher einmal Hunde, liefen in Rudeln durch die Straßen. Und jedes vierte, fünfte kaputte, kleine Haus wechselte sich mit einem hohen, breiten Müllberg ab. Fünf Häuser, Müllkippe, fünf Häuser, Müllkippe, fünf Häuser. Auf einem Abfallberg spielten zwei Mädchen mit Plastikflaschen, vielleicht spielten sie nicht, vielleicht suchten sie etwas. Antoni bog wieder ab. Ich auch. Er ging in ein dunkel verfärbtes Haus, das früher mal türkis, jetzt aber graublau war, mit schwarzen Rissen überzogen. Ich lief zum Eingang eines anderen Hauses an der Ecke, machte ein Foto von der Gegend. Nach zehn Minuten kam ein Auto und Antoni kam wieder raus, stieg ein, fuhr weg.

Ich stellte mich vor das verfärbte Haus, um es genauer anzuschauen. Auf der Veranda lag ein Skelett mit Fell. Es lebte noch. Ich rief es rüber. Es spitzte seine Ohren, stand in einem Ruck auf und lief zu mir, so schnell, dass ich erschrak. Ich fiel. Meine Ellbogen wurden heiß. Es lag am Blut, das roch ich. Das Hundeskelett bellte. Auf einmal hörte ich Geschrei, der Hund verstummte. Er lief weg. Vor mir stand eine schöne große, schwarze Frau in Jogginghose – aus Samt, eng, rosa – und einem gelben T-Shirt mit vielen kleinen Glitzersteinen. Sie sagte etwas Spanisches. Ich schob die Schultern hoch und runter. Sie half mir aufzustehen und zog mich an der Hand ins Haus.

»Silvana, ich heiße Silvana«, sagte sie auf Englisch, während sie meine Ellbogen anschaute. Im Zimmer, das Wohn- und Schlafzimmer, Küche und Flur auf einmal war, saß auf der Couch ein Mädchen. Es kämmte Haare, nicht ihre eigenen. Eine Perücke kämmte es. Die Wände waren rot. Ich sollte mich an den Tisch setzen, zeigten die Finger von Silvana. Auf dem Tisch lag eine weiße Wachstuchdecke, ein rotes Schulbuch und in der Mitte stand ein Bilderrahmen mit einer »LOVE«-Aufschrift. Das Foto war in das O gefasst. Darauf lächelten das Mädchen, Silvana und ein Mann. Es war nicht Antoni.

Silvana holte Watte und aus dem Kühlschrank eine Flasche, goss aus der Flasche etwas auf die Watte und drückte sie gegen die Wunden. Es brannte. Sie fragte, warum ich in ihrem Dorf war. Ich log. Ich sagte, ich hatte mich verirrt. Sie glaubte mir. Das Mädchen stellte Fanta auf den Tisch, und Gläser. Silvana fragte mich dann alles über Deutschland. Und ich sie danach über ihr Dorf, über ihr Leben. Das Mädchen war Silvanas Tochter, ihr Mann war arbeiten. Er war ein Taxifahrer. Sie hatte früher als Lehrerin gearbeitet, verkaufte jetzt Strohhüte in der Stadt. Ich schaute auf das Klappbett, das links vom Esstisch stand. Silvana sah es, sagte, dass es das Bett ihres Cousins war, er lebte auch noch hier, aber er ginge bald ins Ausland.

»Und fährt er auch Taxi?« Ich log noch einmal.

»Nein, nein. Er ist ein *sanky panky*. Weißt du?«, sagte Silvana und machte eine Handbewegung, als ob sie Fliegen verscheuchen wollte.

Ich schob wieder die Schultern hoch und runter. Silvana sagte, dass ihr Cousin Frauen mit Geld Gesellschaft leistete. Touristinnen. Meistens zwei Wochen lang und manchmal länger. Sie sagte dreimal *»fun«*, danach »Du weißt!« und dann: »Mein Gott, du bist zu jung, ums zu verstehen!« Ich lachte, und es war wieder eine Lüge.

Silvana stellte Teller auf den Tisch und einen Topf auf einen Untersetzer. Es gab Fischsuppe mit Tomaten. Das Radio spielte Musik. Ich wollte weg, um Antoni nicht zu begegnen, deshalb aß ich so schnell, ich konnte. Dann hörte ich das Türschloss. Und eine Männerstimme. Es war nicht Antoni. Es war Silvanas Mann. Er küsste seine Frau und drückte dabei ihren Hintern. Sie sagte ihm, dass er mich zurück in die Stadt fahren soll. Silvanas Mann wollte kein Geld. Als ich aus seinem Auto stieg, kam Antoni aus dem Hotel. Er sah mich nicht, aber er sah Silvanas Mann und zeigte ihm das Siegeszeichen.

In der Hotellobby saß Shelly mit meinem Vater und ihre Hand lag wieder auf seinem Knie. Er kaute auf dem Zuckerrohr. Als ich mich setzte, sah er sofort, dass ich nicht glücklich war. Er sagte Shelly, dass sie gehen sollte. Shelly stand auf, schaute jetzt ernster, als sie sowieso schon schaute, und die senkrechten Streifen auf ihrer Stirn waren ganz groß und dunkel.

»Was auch immer«, sagte sie und ging.

»Wollen wir ausgehen? Tanzen?«, sagte mein Vater, als sie weg war, »Nur du und ich? Und Salsa!«

Ich wusste nicht, dass er es konnte. Wir gingen. In einer kleinen Bar auf der Hauptstraße sang eine alte Frau einen alten Salsa-Song. Mein Vater bestellte zwei Mojitos, wir tranken sie so schnell wie Wasser und gingen zu den Tanzenden. Das Vorwärts und das Rückwärts konnte er. Ich auch. Doch unsere Drehungen waren falsch. Ich lachte und er lachte.

In dieser Nacht fehlten die Stimmen auf dem Flur. Am Morgen klopfte ich an seine Tür. Er hatte müde Augen. Wir brauchten beide Kaffee, gingen runter in die Bar. Antoni saß an der Theke so wie immer. Er trank am Morgen schon Tequila, denn die Frau neben ihm trank auch Tequila. Die Frau war Shelly. Ihre Finger mit den blauen Plastiknägeln lagen jetzt auf seinem Knie. Er sang etwas auf Spanisch. Sie schüttelte zu seinem Lied die Schultern. Mein Bauch zog sich zusammen. Sie war doppelt so alt wie Antoni und etwas jünger als mein Vater. Ich sah, wie er zu Antoni und Shelly schaute.

»Was willst du? Einen Cappuccino?«, fragte er dann in meine Richtung.

»Ja«, sagte ich.

»Ich gehe. Setz dich schon mal.« Er zeigte auf einen leeren Tisch.

Ich setzte mich. Mein Vater ging zu Shelly. Er sagte etwas. Ich konnte es aus der Entfernung nicht verstehen. Ich sah, wie Shelly mit der rechten Hand in seine Richtung fuhr. Es war eine unfreundliche Bewegung. Mein Vater sagte darauf nichts mehr, holte zwei Kaffee, setzte sich zu mir.

»Wie geht es Shelly?«, fragte ich.

»Gut.«

»Warum setzt sie sich nicht zu uns?«

Er schwieg. Ich wusste nicht, was ich ihm sagen sollte. Die Wahrheit über Antoni? Ich sagte nichts. Und alles wurde so, wie es am Anfang war. Wir schwiegen jeden Tag. Tranken Kaffee am Morgen. Das Zuckerrohr warf er jetzt wieder in den Aschenbecher. Am Strand las er in seinem Buch, ich schlief. Wir gingen nacheinander schwimmen. Auch abends redeten wir nicht.

Am letzten Tag, mein Vater war schon in das Restaurant gegangen, wollte ich kurz aufs Zimmer, Zigaretten holen. Dann sah ich Shelly auf dem Flur. Sie schob einen Zettel unter die Tür des Zimmers neben meinem. Sie sah mich, aber sagte nichts, nicht mal ein »Hallo«, ging zum Fahrstuhl. Die Sache mit dem Zettel hatte ich im Restaurant wieder vergessen. Nach einem Fisch und zwei Desserts ging ich aufs Zimmer. Ich wollte nicht mehr in die Bar, wollte das Schweigen mit meinem Vater nicht. Ich schaute Fernsehen auf Spanisch. Es ging um eine Krankenschwester, die immer weinte, warum, verstand ich nicht und schlief schnell ein. Ich wachte mitten in der Nacht auf, dachte kurz an den Zettel, schlief wieder ein. Im Traum sah ich das Stück Papier, sah Shelly und meinen Vater, sie küssten sich, sie lachten, saßen in einem Haus im Schnee, vielleicht war es in Kanada. Ein Kind spielte im zugeschneiten, weißen Garten, ein Junge, fünf Jahre oder sechs. Mein Vater rief ihn ins Haus zurück und küsste seine Stirn. Ich spielte danach Fangen mit ihm, es war mein neuer Bruder. Dann klingelte mein Telefon. Auf dem Display leuchtete eine Nachricht. »Deine Mutter« stand da – und eine unbekannte Nummer schrieb mir, dass sie tot war.

Ich wachte auf, alles war nass, der Körper, das Kissen und das Laken auch. Ich griff mein Telefon, schaute auf meine Nachrichten. Nichts. Ich zitterte und konnte nicht mehr einschlafen. Am Morgen klopfte es an meiner Tür. Mein Vater. Er sah nicht aus wie jemand, der seine Frau verlassen hatte, der glücklich war mit einer neuen. Und ich umarmte ihn. Er hatte einen Umschlag mit Geld in seiner Hand und fragte, wie viel ich hatte. Ich holte alle Scheine aus dem Safe, er nahm sie und schob sie ins Kuvert. Mein Vater sagte, dass er es mir in Deutschland wieder überweisen würde. Auf dem Umschlag stand: »Shelly«.

»Ist was mit Shelly?«, sagte ich.

»Sie hat Schulden.«

»Was für Schulden? Will er ihr Geld?«

Mein Vater antwortete nicht, fragte: »Hast du gepackt?«, und sagte dann, dass unser Bus zum Flughafen in einer Stunde fahren würde. Er ging. Ich hatte meinen Traum noch nicht vergessen, dachte an Antoni und Shelly, und ich war glücklich und erleichtert, tanzte mit jedem Kleid zum Koffer, zu der Musik des Salsa-Wettbewerbs, der jetzt im Hintergrund im Fernsehen lief. Nach einer Stunde kam mein Vater wieder. Wir rollten unsere Koffer zum Empfang. Den

Umschlag ließ er da. Und dann verließ der Bus die Stadt am Strand.

»Hast du sie heute angerufen? Wie geht es ihr?«, fragte ich ihn im Flugzeug.

»Ja, alles okay. Sie wartet schon auf uns und kocht.«

»Das Sauerkraut mit Fleisch in Teigtaschen?« Es war sein Lieblingsessen.

»Ja«, sagte er.

Ich lächelte. Wir schwiegen.

Kleine verlorene Alla

Zum letzten Mal sah Onkel Felja seine Schwester Alla, als sie sieben Jahre alt war. An diesem Tag trug sie ein blaues Kleid und ihre schwarzen Locken schulterlang. Alla verschwand, nachdem ihre und Feljas Eltern verschwunden waren. Alla lief weg, weil sie nach ihnen suchen wollte. Von da an lebte Felja mit seinem kleinen Bruder bei seiner Großmutter. Ohne die Schwester, den Vater und die Mutter. Jeden Tag schrieb er einen Brief ans Kinderheim. Er schrieb an alle Kinderheime, die es gab. Doch niemand wusste etwas über seine Schwester Alla. Sie kam nicht wieder. Felja studierte und fand Arbeit, dann eine bessere. Ging weg. Ins neue Land. Nach Deutschland.

Ich sah ihn jeden Monat, und immer, wenn ich mit meinen Eltern in den Osten fuhr, in diese mittelgroße deutsche Stadt, in der jetzt Onkel Felja lebte, erzählte meine Mutter auf der Fahrt zu ihm seine Geschichte. Sie sagte nie, warum sein Vater und seine Mutter verschwunden waren. Sie sagte immer: »Es war Krieg. Es waren zerrissene und schwere Zeiten.« Mehr nicht. Dann sprach sie über ihren Vater. Er war der kleine Bruder Onkel Feljas. Er starb vor vielen Jahren im alten Land. Wir lebten damals, wie sein Bruder Felja, schon in Deutschland.

Ich hasste es, wenn meine Mutter über ihren Vater sprach.

Sie wiederholte jedes Mal die gleichen Sätze. Sie sagte, dass er nur wegen ihr gestorben war. Sie hätte da sein müssen. Nicht in Deutschland. »Es war mein Fehler«, sagte sie. Ihr trauriges Gesicht wurde noch trauriger. Sie hustete, schluckte den Husten dann herunter, sagte, dass sie ihn nicht einmal begraben konnte. Sie wiederholte immer wieder das Wort »Geld«. Es fehlte damals, deshalb konnte sie nicht zu der Beerdigung. Spätestens jetzt liefen schnell breite Tränen über ihr Gesicht. Der Schwung ihres Kajalstrichs verschwamm in ihren Augenwinkeln. Die Wangen meiner Mutter glänzten dann schwarz und nass. So sah sie nicht mehr hübsch aus, nur kaputt.

Ich wusste, an diesem Samstag würde sie wieder über ihren Vater sprechen, denn wir würden schon wieder in den Osten fahren. Zwei Tage lang hatte sie gekocht, hatte vielleicht sogar neben dem Herd geschlafen. Denn als ich abends ins Bett ging, stand sie an ihren Töpfen, und als ich morgens aufwachte, rührte sie immer noch in ihren Töpfen. Ich lag im Wohnzimmer und schaute Fernsehen, ohne Ton. Mein Vater kam vom Penny. Er stand mit einer schwarzblauen Klappkiste voller Einkäufe im Flur, als meine Mutter ihn begrüßte. Es sah so aus, als ob sie nicht meinen Vater, sondern die Einkäufe begrüßte. Sie nahm die Gurke, schaute sie an und nickte, danach die Mandarinen und den Wein. Sie nickte wieder.

Dann hielt sie Zahncreme in der Hand; drei Schachteln in Zellophan verpackt mit rotem Etikett: »Drei zum Preis von zwei«. Wie eine Wilde wedelte sie plötzlich mit der Packung. Sie war jetzt wütend. Das war sie immer dann, wenn sie meinem Vater etwas gesagt hatte, er es aber vergaß. Und diesmal hatte er vergessen, wie Onkel Felja war. Die Einkäufe waren für ihn. Doch Onkel Felja hasste Dreierpacks. Er hasste große Mengen. Immer, wenn wir ihm zu viel Waschmittel, Toilettenpapier oder Seife mitbrachten, schrie er wie eine Katze, der man auf ihren Schwanz getreten hatte. Denn Onkel Felja hatte Angst zu sterben. Er hat es mir einmal erklärt, gesagt, dass man nie zu viel im Haus haben sollte, denn dann könnte der Teufel denken, man wollte ewig leben. Der Teufel würde rasend werden. »Dann holt er dich«, hat Onkel Felja mir gesagt. Ich glaubte ihm.

Als wir im Auto saßen, der Kofferraum war voll mit Einkäufen, mit Essen, erzählte meine Mutter wieder die Geschichte, wie Onkel Felja seine Familie verloren hatte. Nur seinen kleinen Bruder nicht, der dann, erwachsen, der Vater meiner Mutter wurde. Danach sein Tod. Ihr Fehler. Das Geld, das fehlte, um in das alte Land zu fliegen, ihn zu beerdigen. Sie weinte wieder.

Aus Onkel Feljas Wohnung roch es so wie immer. Nach Essigreiniger und künstlichem Lavendel – das war der Weichspüler. Mein Onkel stand mit seinem Rollator an der Tür und winkte wie ein Kind. Mit so viel Kraft, als ob er gar keinen Rollator brauchte. Er küsste meinen Eltern ihre Wangen, mir meinen Kopf und sagte aufgeregt, dass er einen Brief bekommen hatte. Als meine Mutter ihren Mantel ausziehen wollte, erlaubte er es meiner Mutter nicht. Zuerst sollte sie lesen. Ich sah, wie sie den Brief nahm, warf meine Jacke auf die Bank im Flur und ging ins Wohnzimmer zum Fernseher.

Es lief die Wiederholung einer Gerichtsshow, die ich mochte. Ich setzte mich in den Massagesessel, machte die höchste Stufe an und sah, wie eine blonde Frau verurteilt wurde. Als sie in Tränen aufgelöst mit Fäusten auf den Tisch schlug, kamen mein Vater und Onkel Felja ins Wohnzimmer.

»Mein Liebling, hol doch mal die Gläser und das Fläschchen. Wir müssen feiern«, sagte Onkel Felja.

Mein Vater schaltete die blonde Frau aus und sagte: »Ich kann's nicht glauben.«

Ich nahm aus Onkel Feljas rosa-gelber Schrankwand die Flasche mit Likör aus Pflaumen, danach drei Gläser – sie hatten einen kurzen Stiel, in ihrem Bauch waren Disteln eingeschliffen – und stellte alles auf den kleinen Couchtisch.

»Jetzt ruf mal deine Mutter«, sagte Onkel Felja.

Meine Mutter saß in der Küche auf der schwarzblauen Klappkiste, die Einkäufe hatte sie noch nicht ausgeräumt, sie hielt noch immer diesen Brief und schaute abwesend auf das Papier. Ich sagte, dass alle auf sie warteten. Sie sagte, dass ich die Sachen einräumen sollte. Dann ging sie ins Wohnzimmer. Nachdem ich fertig war, ging ich ihr nach. Aber im Wohnzimmer war es ganz still. Der Schnaps stand wieder in der Schrankwand. Wir aßen. Dann war es Nacht. Es war wie immer: Ich schlief in dem Massagesessel und meine Eltern schliefen auf der Couch.

Drei Wochen später kochte meine Mutter wieder für ihren Onkel. Mein Vater war im Penny. Er kam zurück, wir fuhren los. Doch diesmal nicht gleich zu Onkel Felja. Sondern zuerst zum Flughafen in seiner Stadt. Ich wartete im Auto. Nach einer Stunde kamen meine Eltern wieder mit einer kleinen Frau. Sie hatte frisch gefärbte rote Locken.

»Sag Tante Alla Hallo«, sagte meine Mutter. Ich starrte auf die kleine Frau und sagte ihr »Hallo«. Sie sah viel älter aus als Onkel Felja, obwohl sie ohne einen Rollator gehen konnte. Die meisten Zähne in ihrem Mund waren falsch, manche schwarzgrau und andere golden. Sie küsste meinen Kopf, genauso wie es Onkel Felja immer machte.

An diesem Tag roch es aus seiner Wohnung anders. Nach echten Blumen, nicht nach künstlichen. Er stand am Eingang, an seinen Rollator angelehnt, und hielt einen Strauß großer und gelber Rosen. Die kleine Frau lief auf ihn zu, so wie ein kleines Kind. Sie küssten sich, dann hielten sie sich schweigend in den Armen. Nach einer Ewigkeit ließ Onkel Felja Tante Alla los. Wir setzten uns ins Wohnzimmer und tranken Pflaumenschnaps. Auch ich bekam ein Glas. Es brannte in der Kehle. Mein Onkel weinte, lachte. Die Frau mit den gefärbten roten Locken erzählte von ihrem Leben. Von den vielen Kinderheimen, es waren sieben, aus denen sie immer wieder weggelaufen war. Von ihren Adoptiveltern, die sie abholten, als sie acht war, ihr einen neuen Namen gaben und sie liebten. Ihren alten Namen hatte sie irgendwann vergessen, doch ihren großen Bruder nicht, und auch nicht ihren kleinen, erzählte Tante Alla. Als meine Mutter sagte, dass Allas kleiner Bruder nicht mehr lebte, weinte sie, wie sie immer weinte, wenn sie von ihrem Vater sprach. Doch Alla schien sich nicht für ihn zu interessieren. Sie nahm ihr Glas mit Disteln und sagte: »Auf das Leben.« Auch Onkel Felja nahm sein Glas und lachte weinend.

Am Abend gingen wir in ein Hotel, denn Tante Alla schlief jetzt auf der Couch in Onkel Feljas Wohnung. Im kleinen Hotelzimmer war alles aus alter, grauer Buche, nur nicht das Klappbett, auf dem ich schlafen musste. Als ich im Bad die Zähne putzte, hörte ich meine Eltern leise sprechen. Sie stritten nicht. Sie waren sich einig. »Betrügerin«, sagten sie im Chor.

Am Morgen war die Tür zu Onkel Feljas Wohnung angelehnt. Er stand nicht im Hausflur an seinem Rollator, um meinen Eltern ihre Wangen und mir meinen Kopf zu küssen. Er stand am Herd und machte Pfannkuchen. Und seine Schwester saß am Esstisch, sie blätterte durch den neuen dicken Otto-Katalog.

»Schau mal, das wird mein Bett«, sagte sie mir und zeigte auf ein Bild. Ich sah nur eine runde, hohe Kopflehne, die mit einem goldenen und schweren Stoff bezogen und nicht schön war.

»Das ist aber sehr teuer«, sagte meine Mutter.

»Ich kann ja meine kleine Schwester mal verwöhnen«, sagte jetzt Onkel Felja, lächelte, und Tante Alla erklärte, wie alles aussehen sollte. Die Couch müsse ans Fenster und der Massagesessel in den Keller, dann passe auch das Bett rein. Ich liebte den Massagesessel, aber ich sagte nichts. Wir aßen Onkel Feljas Pfannkuchen, und er bat seine Schwester noch einmal, die Geschichte zu erzählen, wie sie ihn, ihren Bruder, im anderen Land gefunden hatte. Das hatte sie am Abend vorher schon zwei Mal erzählt, ich hörte weg.

Auf der Rückfahrt war meine Mutter wieder wütend, doch diesmal nicht auf meinen Vater wie so oft. Sie sagte immer wieder »diese Frau«, danach »Betrügerin« und dann, dass ihre Geschichte erfunden und erlogen war. Ich dachte daran, was Tante Alla uns erzählt hatte, dachte an diesen Brief, den sie nach fünfzig Jahren fand, als sie die Wohnung ihrer Adoptiveltern ausräumte. Es war einer der Briefe, die Onkel Felja an die Kinderheime geschrieben hatte. Ich dachte, dass Allas Geschichte sich doch wahr anhörte. Das aber sagte ich nicht meiner Mutter. Ihr sagte ich, dass ich sie liebte, dass sie niemals verschwinden dürfte. Sie drehte sich zu mir und hatte etwas in den Augen, das ich nicht kannte. Sie sagte nichts, griff meine Hand und küsste sie. Die Lippen meiner Mutter waren heiß.

Am nächsten Samstag fuhren wir wieder in den Osten. Seit Tante Alla da war, fuhren wir jedes Wochenende in den Osten. Das wollte meine Mutter. Sie liebte Onkel Felja wie einen Vater, weil sie keinen eigenen mehr hatte. Sie wollte ihren Fehler, der sie zur Tochter ohne Vater gemacht hatte, nicht wiederholen. Sie sparte immer, weil sie nie wieder ohne Geld sein wollte. Und sie verachtete die Schwester ihres Onkels, die ständig Neues haben wollte und Altes wegschmiss. Die Wohnung von Onkel Felja war nach drei Wochen wie verwandelt. In jedem Zimmer standen neue Möbel, es roch nicht mehr nach Essigreiniger und der zu dunkle Haushaltsraum war voll mit Vorräten, sogar mit Dreier- und mit Zehnerpacks. Anscheinend hatte Onkel Felja vorm Teufel keine Angst mehr. Er lachte viel, lief ohne seinen Rollator durch die Wohnung – und sah auch selbst ganz neu aus. Wie Tante Alla. Sie hatte neue Kleider, neue Schuhe, eine neue Tasche und Frisur. Dann wollte sie ein neues Handy. Mein Vater fuhr sie zum Einkaufszentrum in die Stadt. Ich blieb mit meinem Onkel und meiner Mutter in der Wohnung.

»Geh in die Küche und mach einen Salat. Tomaten, Gurken sind im Kühlschrank«, befahl mir meine Mutter.

Ich ging und machte den Salat so leise, wie ich konnte, weil ich verstehen wollte, was die beiden sagten. Es ging um Geld, darum, dass er für Alla zu viel ausgab.

»Sie ist doch meine Schwester«, schrie Onkel Felja.

Ich lief ins Wohnzimmer, weil ich mir Sorgen um ihn machte. Er war zu alt und krank, um so zu schreien.

»Hat sie dir eigentlich den Brief gezeigt, den sie angeblich gefunden hat?«, hörte ich meine Mutter fragen.

Doch Onkel Felja schwieg. Ich sah, wie er die Hände gegen seine Brust schlug und sich an seinem Hemd festhielt.

Er atmete jetzt schnell und laut. Ich brachte ein Glas Wasser. Er trank es aus. Als es nicht besser wurde, riefen wir einen Krankenwagen. Drei Männer nahmen Onkel Felja mit. Meine Mutter fuhr ihm im Taxi hinterher, ich blieb in seiner Wohnung. Als Tante Alla und mein Vater kamen, erzählte ich ihnen alles. Mein Vater wollte auch ins Krankenhaus. Er fuhr. Doch ohne Tante Alla. Sie musste sich ausruhen, sagte sie.

Aus einer Plastiktüte holte Tante Alla einen Karton und öffnete ihn vorsichtig. Sie schaute auf ihr neues Nokia – smaragdgrün – wie auf einen teuren Diamantring. Ich half ihr mit der Einrichtung, der Sprache, den extragroßen Buchstaben und sagte danach: »Machst du dir keine Sorgen um deinen Bruder?«

»Ach, er wird mich nicht noch mal alleine lassen. Zur Feier nächste Woche ist er wieder ganz der Alte!«

Dann klingelte das Telefon. Alles war gut. Doch Onkel Felja musste die Nacht im Krankenhaus verbringen. Ich sollte ins Hotel vorgehen und schlafen.

»Liebling, Felja wollte mir noch etwas Geld geben. Wo hat er es?«, fragte mich Tante Alla, als ich ihr einen Kuss zum Abschied gab.

»Was?«, sagte ich.

»Ich muss für ihn noch was besorgen.«

Ich öffnete die große Schublade der Schrankwand, in der die Fotoalben waren. Weil Onkel Felja Banken nicht vertraute, versteckte er sein Geld zwischen den Seiten seiner Alben, es waren Hunderter, in jedem vielleicht zwanzig. Ich reichte Tante Alla ohne Erklärung eines der blauen Fotoalben. Und ich ging. Nach Stunden kamen meine Eltern ins Hotel. Ich lag im Klappbett und sagte ihnen nicht, dass ich Alla gezeigt hatte, wo Onkel Felja sein Geld versteckte. Sie war keine Betrügerin, das wusste ich.

Am Morgen fuhren wir ins Krankenhaus, um Onkel Felja abzuholen. Er war wieder der Alte, so wie es Tante Alla gesagt hatte. Als wir in seine Wohnung kamen, war sie weg. Auf dem neuen großen Couchtisch lag das hellblaue Album, das ich ihr am Tag davor gegeben hatte. Es war auf einer Doppelseite aufgeschlagen, wo nur ein Foto klebte. Es zeigte Onkel Felja als Teenager. Er hielt auf seinem linken Arm seinen kleinen Bruder und seine rechte Hand hielt Tante Allas Hand. Alla und Felja lachten auf dem Bild. Das Baby, der Vater meiner Mutter, hatte den Mund weit aufgerissen, er schrie.

»Wo ist sie?«, schrie jetzt meine Mutter.

»Nicht so laut«, sagte mein Vater und deutete mit seinem Kinn zu Onkel Felja.

Mit ihrer flachen Hand verdeckte meine Mutter ihren Mund, als ob sie einen Schrei aufhalten wollte, nahm sie dann wieder weg und fragte mich fast flüsternd: »Hast du ihr etwa von dem Geld erzählt?«

In dem Moment, in dem ich es gestehen wollte, ging die Tür auf und Alla stand im Flur, sie hatte eine große Brötchentüte in der Hand. »Frühstück!«, sagte sie gut gelaunt.

»Was hast du mit dem Fotoalbum gemacht?«, antwortete ihr meine Mutter.

»Was meinst du?«

»Hast du sein Geld genommen?«

»Jaja, einen Schein.«

»Warum?«

»Für Brötchen. Aber, was ich mich frage: Haben bei euch alle Frauen so bunte Haare?«

»Nur die im Supermarkt, mein Schwesterchen«, sagte ihr Bruder.

Wir frühstückten. Und Alla sprach von ihrer Feier. Sie wollte nächste Woche alle ins Restaurant einladen. Auch die Verwandten aus dem alten Land sollten anreisen und die zwei Schwestern meiner Mutter aus dem Süden mit ihren Töchtern, meinen drei Cousinen. Zum Abschied nahm meine Mutter Allas Hand und sagte leise, beinah lautlos: »Ich weiß, was du hier vorhast.«

Wir fuhren wieder. Im Auto legte ich mich auf die Hinterbank und starrte auf das Foto der drei Kinder aus dem alten Land. Ich hatte niemandem gesagt, dass ich es mitgenommen hatte. Schaute jetzt lange auf das Lachen von Onkel Felja und von Tante Alla. Aufgenommen war es vor dem Krieg, da hatten sie noch ihre Eltern. Dann sah ich auf den Arm von Tante Alla. Sie hatte einen runden Fleck auf ihrem rechten Handrücken, genau in der Mitte, so wie ein Zifferblatt von einer Armbanduhr. Vorsichtig rieb ich an dem Foto. Denn Tante Alla hatte jetzt kein Muttermal auf keiner Hand mehr. Es war bestimmt nur Schmutz. Das Foto war schließlich sechzig Jahre alt. Ich steckte es zurück in meinen Rucksack.

Am nächsten Samstag fuhren wir früher zu meinem Onkel als gewöhnlich. Mein Vater trug ein Sakko in Mintgrün und meine Mutter ihr langes, braunes Wickelkleid. Ich musste auch ein Kleid anziehen, es sollte eine große Feier werden. Als wir ankamen, vor Onkel Feljas Wohnung standen, öffnete uns niemand. Doch meine Mutter hatte noch einen Schlüssel und schloss auf. Mein Onkel saß auf Tante Allas Bett und schwieg.

»Wo ist denn Tante Alla?«, sagte ich sofort.

»Hilfst du mir mit meinem Hemd, das muss gebügelt werden?«, war seine Antwort.

Ich holte aus dem Haushaltsraum das Bügelbrett, stellte es im Flur auf, denn in keinem anderen Zimmer war mehr Platz wegen der ganzen neuen Möbel. Ich bügelte und hörte Onkel Feljas Stimme. Ich hörte, wie er sagte, dass Tante Alla spazieren war. Sie hatte am Telefon erfahren, dass ihre Tochter krank war.

»Sie braucht eine Operation, die arme Kleine«, sagte mein Onkel.

»Glaubst du das? Die wollen doch nur dein Geld!«, sagte jetzt meine Mutter.

»Hör endlich auf!«, rief er, es klang wie Bellen.

Nach einer halben Stunde war das Hemd gebügelt und Alla kam zurück. Wir fuhren ins Asia Sechs Sterne. Fünfzehn Verwandte waren da, die meisten kannte ich nicht mehr. Es gab Buffet und viel süßsaure Soße. Die drei Cousinen flochten meine Haare und Onkel Felja hob immer wieder sein Glas hoch und sagte: »Auf meine kleine verlorene Alla.« Alla klatschte nach jedem Schnaps in ihre Hände. Sie tanzte mit ihrem Bruder und seinem Rollator. Aber sie sah nicht glücklich aus. Ich hörte, was die Verwandten sagten, es war dasselbe, was meine Mutter jedes Mal im Auto sagte: dass sie es doch nicht sein konnte. Auch Tante Alla hörte es. Sie ging allein auf die verlassene Terrasse und setzte sich. Ich sah sie durch das Fenster, sah ihre Augen, die nicht mehr grün waren, sie hatten jetzt eine ganz graue Farbe. Ich ging zu ihr nach draußen.

»Geht es dir gut?«

»Ich bin nur alt.«

»Darf ich dich etwas fragen?«

Sie nickte.

»Wo ist dein Muttermal geblieben?«

»Manchmal verschwindet etwas. So war es auch mit meinen Eltern. So ist das Leben.«

Ich schämte mich für meine Frage, lief zu meinen Eltern, umarmte meinen Vater lange und meine Mutter etwas länger. Nach einer Stunde brachten wir Onkel Felja und Tante Alla wieder in die Wohnung und fuhren danach ins Hotel.

Am Morgen, wir kamen, um uns zu verabschieden, öffnete wieder niemand und meine Mutter schloss die Wohnung auf. Das Wohnzimmer sah aus, als ob Einbrecher da gewesen wären. Alles lag auf dem Boden, die Schubladen der Schrankwand waren geöffnet, ausgeräumt. Die vielen Fotoalben lagen wie kaputte und zerrupfte Kissen auf der Couch. Ich sah, dass die Scheine fehlten. Und meine Mutter hielt sich schon wieder ihre Hand vor ihren Lippen. Sie rief nach Onkel Felja und dann nach Tante Alla, danach rief sie noch mal nach Onkel Felja. Aber es antwortete niemand. Mein Onkel lag in seinem Zimmer auf dem Bett und sein Gesicht war gelb. Alla war weg. Vielleicht war sie schon in das alte Land zurückgeflogen.

»Wo sind seine Tabletten?«, fragte mein Vater und richtete meinen Onkel auf.

»Schau mal in seinem Rollator nach, in seiner Tasche«, befahl mir meine Mutter.

Ich öffnete die Herrenhandtasche Onkel Feljas, darin lagen ein Portemonnaie, eine Tablettendose und ein vergilbter, alter Brief. Ich nahm die Dose, brachte sie meinen Eltern. Ich sollte einen Krankenwagen rufen und dann im anderen Zimmer warten.

Ich rief den Krankenwagen, ging danach wieder zum Rollator, zu Onkel Feljas Tasche. Ich nahm den Brief heraus, er hatte braune Flecken, war gelbgrau, zu einem Quadrat gefaltet, adressiert an ein Kinderheim und in der Sprache unseres alten Landes. Ich las ihn. Ich las genau die Worte, die Onkel Felja so oft sagte. Die Worte, mit denen er seine Schwester gesucht hatte. Er kannte jeden Brief, den er damals geschrieben hatte, noch auswendig.

Ich faltete das gelbliche Papier zurück zu einem Quadrat und legte es in Onkel Feljas Tasche. Wieder kamen drei Männer, aber andere, und wieder brachten sie meinen Onkel Felja in das Krankenhaus, doch diesmal hatten sie ihm etwas Durchsichtiges aus Plastik um seine Nase und seinen Mund gebunden. Ich musste in der Wohnung warten und sollte aufräumen. In dieser Nacht blieben meine Eltern im Krankenhaus bei Onkel Felja. Ich schlief in Tante Allas Bett, denn der Massagesessel, in dem ich früher immer schlief, stand lange schon im Keller.

Am Morgen, es war sieben Uhr, rief meine Mutter an. Sie sagte, dass Onkel Felja tot war und dass sie mich gleich holen würden. Ich fühlte nichts. Aber ich wusste, was ich machen musste. Ich ging zu dem Rollator, nahm Onkel Feljas alten Brief, mit dem er seine Schwester gesucht hatte, verbrannte ihn über dem Waschbecken. Für meine Mutter. Ich wollte nicht, dass es noch einen Fehler in ihrem Leben gab. Ich wollte nicht, dass sie noch einmal schuldig war an einem Tod.

Am Abend fuhren wir. Zwei Wochen später kamen wir zu der Beerdigung von Onkel Felja wieder. Seine Schwester hat niemand eingeladen. Von Feljas Tod, dem Tod ihres Bruders, hat Alla nie erfahren.

Dramatikerin

Das Wort Theater gefiel ihm gut. Er sprach es langsam aus, dehnte die Buchstaben und drückte dabei wie im Takt auf den Knopf seines Kugelschreibers. The – Klick – a – Klick – ter – Klick. Nach Zukunft klang das nicht. Das wusste er. Das wusste ich. Er sagte, dass ich meinen Stuhl an seinen schieben solle.

»Näher heran.« Er lächelte.

Ich tat es, schaute danach nicht mehr in seine Augen, schaute herum in seinem Zimmer. Ein paar graue Quadratmeter, gewöhnliches Büro, egales Amt. Nur eine Wand war anders, da klebte ein Kalender. Es war September. Doch auf dem Foto zum September war Schnee und im Schnee stand ein Lamm. Es schaute weg. Von mir. Vom Mann im grauen Zimmer. Er trug ein Hemd aus Kunststoff in Orange, sah aber trotzdem aus wie sein Büro: nichtssagend und farblos. Schnell urteilte er über mich, über mein Leben. Er urteilte als Erstes über meine Sprache, sagte, dass sie sich gut anhöre, dass man nichts merke, dass ich zum Glück nicht wie die anderen sei, die nicht die deutsche Sprache lernten, aber das deutsche Geld haben wollten.

Ich sagte darauf, dass ich seit vielen Jahren schon in Deutschland lebte, nicht wie die Menschen, die er meinte.

Er zog die Schultern hoch und runter.

Dann machte seine Tastatur mechanische Geräusche, er schrieb etwas und klickte Kreuze an: »Grundsicherung«, »Aufstockung«, »Anlage EKS«, »VM«. Ich sagte nichts. Ich nickte nur. Er hatte alles. Und ich einen neuen Termin.

Als ich nach Hause fuhr, dachte ich in der U-Bahn an die Hand, an seine Hand, die meine Beine gestreift hatte, genau zwei Mal. Ich dachte daran, dass in drei Wochen die Hand schon wieder meine Beine streifen würde. Mir wurde übel und ich hustete. Aber was soll man gegen fremde Hände machen? Im Studium hatte ich das nicht gelernt. Obwohl auf meinem Zeugnis sehr vieles stand, das ich gelernt hatte. Ich holte es aus meiner Tasche. Ich hatte es im grauen Zimmer schon gezeigt, und in der U-Bahn zeigte ich es jetzt mir selbst. Ich schaute aufs Papier, das seltsam schnell gealtert war. Es trug das Datum der vergangenen Woche, sah aber aus wie hundert Jahre alt. Das Cremeweiß hatte Falten, hatte Flecken. Darauf standen Worte, leer, so wie die Worte, die im grauen Zimmer fielen: »Aufführungsanalyse«, »Stückaufbau« und »dramaturgische Modelle«, vielleicht hätte ich irgendwann auch »Anlage VM« gesehen, hätte ich länger auf das Blatt geschaut. Ich schob das Zeugnis zurück in meine Tasche.

Nein, es war keine Belästigung. Noch nicht.

Zu Hause setzte ich mich an den Schreibtisch. Mein Laptop summte. Das lag am Alter. Er war mal ein Geschenk zum Abitur gewesen, fürs Studium und für die Zukunft. Einen Dialog noch, dann wäre das Stück fertig – und ich eine Dramatikerin. Aufführung im Deutschen Theater oder an der Volksbühne vielleicht, ein Honorar, das meinen Dispo ausgleicht, nie wieder ins egale Amt. Interviews, Restaurants, Champagner.

Nichts wurde fertig. Drei Wochen waren vergangen. Im grauen Zimmer führte der Farblose schon wieder dieselbe Choreografie auf: die Tastaturgeräusche, das Klicken seines Kugelschreibers, die Hand, die meine Beine streifte. Und das für ein paar hundert Euro jeden Monat. Den Rest verdiente ich durch einen Assistenzjob in einem kleinen The – Klick – a – Klick – ter – Klick. Der Dispo leuchtete noch immer rot.

Vier Tage nach dem zweiten Mal im grauen Zimmer starb meine Großmutter. Ihre Beerdigung war in der alten Stadt, im alten Land, in dem ich schon seit Jahren nicht gewesen war. Das Ticket zahlte meine Mutter. Sie selbst flog nicht, denn sie war wieder in der Klinik. Vielleicht kam sie wegen der Nachricht in die Klinik, vielleicht war es auch etwas anderes. Seitdem ich fünfzehn war, musste sie immer wieder in die Psychiatrie. Mein Vater war in Österreich, vielleicht auch in der Schweiz. Geschäftsreise wie immer.

Es war November, es war warm. Ich saß allein im alten Land, im Wohnzimmer der Wohnung meiner Oma, sortierte ihre Sachen. Gläser und Vasen aus Kristall, Holzlöffel, bunt bemalt, und goldene Kerzenständer aus China und aus Plastik. Ein Glas fiel auf den Boden und plötzlich war das Leben im alten Land in meinem Kopf, eine Erinnerung. Sie, meine Oma, die damals eine Frau war, keine Oma, ihren Kajalstrich trug sie dick und dunkel, das Haar so offen und geföhnt, dass jeder sie für eine Schauspielerin gehalten hatte, sie küsste meinen Nacken. Ich, damals noch ein Kind, vom Spielen, vom Rennen so müde wie ein Pferd, das leise schnaubt, ich lag in ihren Armen. Sie, die meine Haare wusch, mich abtrocknete, erklärte mir, dass ich das Handtuch auf der Haut nie reiben dürfte. Nur tupfen, sagte sie. So machte ich es seitdem.

Ich starrte auf die Scherben, auf das zerbrochene Kristall, und dachte an den letzten Tag im alten Land in dieser Wohnung. Ich hielt mich an der Hand meiner Mutter fest. Sie, die niemals glücklich werden konnte, sah damals aus wie ihre Mutter. Schöner Kajal, große, gelegte Haare. Sie, meine Großmutter, die nie verstanden hatte, dass ihre Töchter in ein neues Land ziehen wollten, sagte so leise, wie sie immer sprach, dass es ein Fehler sei, zu gehen. Dann gingen wir. Zwei Jahre später gingen auch ihre anderen Töchter mit deren Töchtern. Wir waren vier Cousinen: Anna und Angelina, Viktoria und ich.

Ich wusste, dass die Cousinen kommen würden, kannte sie aber nicht. Oder nicht mehr. Mehr als zehn Jahre hatten wir uns nicht gesehen. Sie wohnten auch in Deutschland, aber weit weg im Süden.

Die Glasscherben lagen noch immer auf dem Boden, als sich ein Schlüssel im Schloss bewegte und die Cousinen kamen. Es war die Nacht vor dem Begräbnis. Wir saßen in der Küche unserer Großmutter, tranken den süßen Sekt aus, der noch da war, rauchten und aßen altes Eingelegtes, Tomaten, Gurken, Zwiebeln, Pilze, Paprika.

Die drei Cousinen, sie waren älter, erzählten alles. Das, was ich selbst kannte, seit ich Kind war, doch niemandem erzählte. Nicht meinen Freundinnen, nicht meinen Freunden. Jetzt aber, nachdem ich hörte, was meine drei Cousinen sagten, erzählte ich ihnen die gleichen, ähnlichen Geschichten in dieser einen Nacht: Das fremde Leben in einer fremden Sprache in einem fremden Land. Das Lügen im neuen Land. Das Schweigen und Verschweigen. Der Wunsch, so auszusehen, so zu sprechen wie alle anderen. So zu sein wie sie. Die Angst vor dieser einen Frage: Woher kommst du?

Anna und Angelina hatten dunkle Augen, dunkle Haare und einen Friseursalon in einem Dorf, obwohl beide Wirtschaftsdiplome hatten, aber sie waren aus dem alten Land, im neuen zählten sie nichts mehr. Viktoria war blond. Vor zehn Jahren hatte sie Ärztin werden wollen. Jetzt arbeitete sie im Rewe. Sie hatte einen deutschen Mann und einen kleinen Sohn, der Sven hieß, und war die glücklichste der drei Cousinen. Oder die, die am wenigsten unglücklich war.

Wieder zu Hause im neuen Land – nach der Beerdigung, sie hatte einen halben Tag und eine halbe Nacht gedauert – rollte ich meinen Koffer in den Abstellraum und setzte mich an meinen Schreibtisch, ohne den Mantel auszuziehen. Der Laptop summte. Ich dachte an das Grundkursseminar, an Tschechow, ans Leben der drei Schwestern.

Nach ein paar Wochen druckte ich das Deckblatt aus, da stand groß »Drei Cousinen« und kleiner dann mein Name. Am Abend schickte ich meinen Text an ein Theater, an einen Mann, der mich vor einem Jahr angestellt hatte, nur für drei Monate und nur als Hospitantin. Ich wartete. Während ich wartete, ging ich noch zwei Mal zum Farblosen. »Die Aufstockung muss jeden Monat neu bewilligt werden.« Das war sein Satz, der mich ins graue Zimmer zwang. Ich hatte auch einen Satz, den ich ihm sagen wollte, in diesen stundenlangen Sekunden, in denen er meine Beine streifte. Aber das traute ich mich nicht.

Im Januar, es war der Anfang eines kalten Winters, lag in meinem Briefkasten die Antwort des Theaters. Im Fahrstuhl starrte ich auf das Kuvert. Starrte es weiter an in meiner Wohnung. Legte es auf den Tisch im Flur und ging zum Kühlschrank, der leer war, wieder mal. Kein Essen, nur eine Flasche Sekt, geöffnet schon vor Wochen, ein Teelöffel steckte im Hals, weil man das macht, das hatte ich irgendwo gehört. Ich holte ein Kristallglas, das ich mir aus der Wohnung meiner Oma mitgenommen hatte, und kippte alles aus der Flasche in das Glas hinein. Es gab keinen Schaum und keine Bläschen und der Geschmack war alt und bitter. Nach einer Stunde, nach vielen Zigaretten setzte ich mich an meinen Schreibtisch und öffnete den Brief, jetzt gierig, so schnell wie ich Geschenke öffnete.

Der erste Satz war schon ein Schlag: »Ihr Stück ›Drei Cousinen‹ habe ich mit Interesse gelesen.« Danach schlug das Papier noch einmal zu: »Allerdings ist mir alles auf eine gewisse Art fremd und fern.« Und schließlich noch einmal: »Für eine Aufführung bei uns sehe ich leider keine Möglichkeit.«

Ich faltete den Brief der Schläge zurück in das Kuvert, legte es auf den Schreibtisch, schrieb eine SMS. An Frank, eine Affäre. »Ich brauche einen Drink.« Mehr schrieb ich nicht. Ich ging ins Badezimmer und malte mir einen Kajalstrich auf die Lider, wie ihn mal meine Großmutter getragen hatte und meine Mutter auch: dick, dunkel und mit Schwung.

Frank war Fotomodel. Er traf mich nur, weil ihm Affären mit anderen Models mittlerweile zu gewöhnlich waren. Ich traf Frank nur, weil er mich in die guten Restaurants ausführte oder etwas zu essen und zu trinken mitbrachte, wenn er in meine Wohnung kam.

Frank kam mit zwei Flaschen Rosé, einer *Harper's Bazaar* aus Holland und ein paar Schachteln Sushi. Er zeigte mir im Magazin sich selbst. Ich starrte auf die bunten Seiten: Frank in zu großer Acne-Jacke, Frank in zu enger Dries-van-Noten-Hose, Frank in zu breiten Balenciaga-Sneaker, Frank mit zu hohen, zu toupierten Haaren. Ich sagte ihm nichts über das

Kuvert, nichts über die Absage des Theaters. Er wusste auch nichts vom Farblosen, nichts über mich, über mein Leben. Es sollte einfach sein mit uns. Und das war es auch: Wir tranken, aßen, rauchten, hatten Sex und rauchten wieder.

Am nächsten Morgen, Frank war wie immer nachts gegangen, verklebten weiße Fäden meinen Mund, die Wimperntusche lag mir in kleinen Brocken in den Augen und das Gesicht war rot, geschwollen vom Alkohol und von den Zigaretten. Nach einer halben Stunde in der Dusche setzte ich mich wieder an den Schreibtisch, druckte das Manuskript noch drei Mal aus. Es gab schließlich noch mehr Theater, dachte ich.

Wie abgesprochen kamen die Absagen alle an einem Tag, vier Wochen später ungefähr. In einer stand etwas von einer »Herkunftswelt, die den Zuschauer überfordert«. In einer anderen war es deutlicher: »Hier interessieren die Konflikte Ihrer Protagonisten niemanden. Der Stoff ist OUT.« Das Out war groß geschrieben wie ein Schrei. Ich holte einen Ordner aus meiner dunkelroten, kleinen Kommode, die wie das meiste in meiner Wohnung von Ebay-Kleinanzeigen war: Kategorie »Verschenken, Tauschen«. Im Ordner waren Briefe aus dem grauen Zimmer abgeheftet, und auch der erste Schläger-Brief aus dem Theater. Ich heftete die neuen ein. Auf dem Rücken-Etikett von Leitz stand rot und groß »KAPUTT« in meiner Handschrift. Ich legte mich mit dem Bauch auf den Teppich und schaute auf mein Handy. Darauf leuchtete eine »24«, daneben »Dienstag«. Am Mittwoch musste ich schon wieder in das graue Zimmer.

Im grauen Zimmer war dann alles so wie immer. Fast. Die Hand lag länger auf meinen Schenkeln als gewöhnlich. War das Belästigung? Ich wusste es noch immer nicht. Am

Ende deutete die Hand auf eine rote Thermoskanne. Der Graue sagte: »Bringen Sie doch nächstes Mal einen Becher mit, dann kann ich Ihnen Kaffee einschenken. Ich lege den Termin nach hinten, als letzten für den Tag, dann haben wir noch Zeit zu reden. So ganz in Ruhe, wissen Sie?« Ich wusste. Es wird passieren. Ich ging. Zu Hause legte ich mich wieder auf den Teppich.

Wenn ich nicht auf dem Teppich lag, war ich im kleinen Theater, um den Schauspielern und den Regisseuren Fotokopien und Chai Latte zu besorgen, um da zu sein, wenn jemand jemanden anschreien wollte. Das wollten viele. Zehn Euro brachte das die Stunde. Den Rest gab mir das Land oder die Stadt, weil es der Mann, der meine Beine streifte, jedes Mal, wenn er meine Beine streifte, bewilligte und unterschrieb.

Drei Tage vorm Termin, zu dem ich meinen Kaffeebecher mitbringen musste, rief meine Mutter an. Ich sollte den Fernseher anmachen oder das Internet, am besten beides, und zwar gleich. Es ging um unser altes Land, es hatte einem anderen Land den Krieg erklärt. Das andere Land war das, in dem mein Vater zur Welt gekommen war. Ich kannte es gut, denn jeden Sommer hatte ich seine Eltern, meine Großeltern, dort besucht. Ich sah im Fernseher einen müden Panzer, der sich durch Straßen zog, in denen ich als Kind in den Schulferien gespielt hatte. Ich fühlte nichts, weil alle, die da lebten und die ich kannte, weg waren oder tot. Ich dachte mehr an meinen Kaffeebecher, den ich zum Farblosen mitbringen sollte, dachte an seine Hand auf meinen Schenkeln, die machte, dass mir übel wurde.

Zwei Stunden später klingelte das Telefon noch einmal. Eine ehemalige Kommilitonin, die zwei Semester mit mir studiert hatte, dann etwas anderes machen wollte. Sie war jetzt Redakteurin in einer großen Zeitung, sagte sie.

Ich sagte, dass ich ihren Namen in der Zeitung schon gelesen hatte.

»Dir geht's gut, oder?«

»Natürlich, super«, sagte ich, dachte noch immer an den Kaffeebecher, erfand was Aufregendes über die Arbeit in dem kleinen Theater.

»Toll, toll, toll!« Sie glaubte mir.

Sie suchte jemanden für ihre Zeitung, der über den neuen Krieg berichtete. Dass ich aus diesem Land gekommen war, das jetzt Krieg führte, das wusste sie noch aus der ersten Stunde, die wir zusammen in der Uni hatten, aus einem Spiel.

»Ein Spiel zum Kennenlernen«, sagte die Studienleiterin damals. Das war drei Jahre vorher, im Herbst gewesen, im Masterstudium. Alle Studenten fühlten sich erkältet und erwachsen. Sechzehn halb junge Menschen, die nach Theater aussahen. Ein Seminarraum, der nach Grundschule aussah. Dann kam das Spiel. Die Studienleiterin sagte, dass der Raum Deutschland sei. Norden an der Tafel, Süden hinten. Man musste dorthin gehen, wo man herkam. Die meisten standen an den Fenstern, weil da der Westen war. Ich stellte mich auch an die Fenster, in den Westen, weil ich schon 18 Jahre an den Fenstern lebte. Die Studienleiterin schaute auf eine Liste, dann zu mir: »Nein, nein, nein! Sie müssen in den Osten, wo Sie geboren worden sind. So geht das Spiel.« Sie öffnete die Tür des Seminarraums. Und ich stand dann allein im Flur, während die anderen an den Fenstern lehnten, sich kennenlernten, Small Talk machten.

»Das Spiel, weißt du das noch?«, fragte die Stimme in meinem Telefon.

Ich wusste, fragte nach Geld.

»300 Euro«, sagte sie.

»Gut«, sagte ich.

Und sie: »Bis morgen Abend!«

Ich schrieb für sie eintausend Worte. Zwei Tage später ging ich in den Lottoladen gegenüber meiner Wohnung und kaufte eine Zeitung. Auf Seite 25 standen meine eintausend Worte über den Krieg, der mich nicht interessierte, über das Land, das mich nicht interessierte. Doch das hatte ich nicht geschrieben. Ich hatte nur geschrieben, dass es mir wehtat, die Panzer im Fernsehen zu sehen. Es war gelogen. Unter der Lüge stand in kleiner Schrift mein Name und dann der Satz: »Sie ist Dramatikerin und lebt, seitdem sie sieben ist, in Deutschland.« Ich fuhr mit meinen Fingern über die kleine Schrift und lächelte. Dann stieg ich in die U-Bahn. In meiner Tasche hatte ich einen Kaffeebecher.

Der Mann im Fahrstuhl

Die Häuser waren Riesen. Sie drückten sich so viele Stockwerke in den Himmel hinauf, dass ich die höchsten nicht mehr sehen konnte. Sie lagen in den Wolken. Es war das Viertel, in dem Olcay, Samiha, Abdullah und Ali wohnten. Es war das Türkenkinderviertel, so sagten es die Nichttürken in meiner ersten deutschen Stadt.

Vor diesen Riesen kam ein Spielplatz, der Ali, Abdullah, Olcay, Samiha, mich zu Freunden machte. Dort waren nachmittags nur Kinder von den Fremden. Kinder von den Deutschen gingen nach der Schule in den Hort. Hort aber kostete. Und war Bürokratie. Die Anmeldung, die vielen Formulare – das alles konnten fremde Eltern, die fremde Sprachen sprachen, nicht verstehen. Deshalb kam es zu unseren Treffen auf dem Spielplatz. Er lag vor meiner Schule, in einem anderen Viertel, in dem die Türkenkinder und auch ich wie seltene und unerforschte Tiere angestarrt und gefürchtet wurden. Zwar waren die Sprachen, die wir zu Hause hörten, anders, doch unsere Welt war gleich. Die Welt von Olcay, von Samiha, von Abdullah, von Ali und von mir.

Samiha und Olcay waren zusammen einundzwanzig. Olcay, der Ältere, war elf. Samiha ein Jahr jünger. Sie lebten im siebten Stock, in einem dieser Riesen. Im Flur des Hauses roch es immer nur nach Essen, es roch nach Müttern aus dem Ausland, denn Mütter aus dem Ausland kochten immer. Und dieser Flur war ein Problem, aber nicht, weil es da nach Essen roch. Das Problem war der Fahrstuhl. Samiha und Olcay hassten diesen Fahrstuhl, sie hatten mir verboten, jemals damit zu fahren. Nur Treppen, wir nahmen immer nur die Treppen. Es war die Zeit, in der ich noch an Märchen glaubte. Und dieser Fahrstuhl war das Böse. »Dort werden Menschen umgebracht und dann sind sie verschwunden«, sagte Olcay fast jeden Tag. »Dort lebt ein Mann, ein Nazi, der alle Türken tötet«, sagte Samiha.

Die Wohnung meiner Freunde lag gegenüber vom bösen Fahrstuhl, dazwischen war der Flur, und er war endlos. Die Haustür von Olcay und Samiha hatte sich in der zerkratzten, alten Fahrstuhltür gespiegelt, und immer wenn sie aufging und wir noch im Flur standen, rannten wir so schnell, wie wir damals rennen konnten. Ins Treppenhaus. Oder in ihre Wohnung.

Es war eine gewöhnliche Ausländerwohnung, aber mit einem Fehler. Der Vater fehlte. Es gab zwei Zimmer. Das eine Zimmer war das Wohnzimmer, in dem mich überall diese türkis-türkischen Augen aus gläsernen oder gestrickten Amuletten anstarrten, so wie mich diese grauen deutschen Augen der Menschen in meinem Viertel anstarrten, in dem die Fremden selten waren. Das andere Zimmer gehörte meinen Freunden. Die Wände waren beklebt mit einem Tapetenjungen auf einem Fahrrad, der einen Hügel hochfahren wollte. Immer derselbe Junge. Immer derselbe Hügel. Doch kein Erfolg. Die Küche war das Zimmer der Mutter meiner Freunde. Zwar schlief sie da, wo die türkisen Augen starrten, zumindest sagten das Samiha und Olcay, aber ich sah sie nur in ihrer Küche. Nie in einem anderen Raum. Auch in der Wohnung trug sie ihren Schleier, doch nicht so streng gebunden, wie sie ihn auf der Straße trug.

Dass es in diesen Zimmern keinen Vater gab, verstand ich nicht. Ich kannte nur ein deutsches Mädchen aus der Schule, die keinen Vater hatte. Aber ich kannte kein Kind von Fremden ohne einen Vater. Ich wollte wissen, wie das ging, ein Fremder sein, ohne einen Vater. Doch immer, wenn ich einmal »Papa« sagte, sagte Olcay: »Ich muss jetzt für die Schule lernen.«

Es war im späten Sommer, vielleicht Ende August, Olcay und seine Schwester, seine Mutter kamen zurück aus der Türkei und ich wollte sie gleich besuchen. Weil ich den ganzen Tag im Freibad war, verbrannt, erschöpft von der zu scharfen Sonne, beschloss ich, doch mit diesem bösen Fahrstuhl hochzufahren. Ich drückte auf den Knopf, versteckte mich hinter den Tausenden Briefkästen des Riesen, und als die Schiebetüren sich öffneten, sah ich hinein. Kein Nazi. Niemand. Ich lief in die Kabine. Es waren viele Knöpfe, so rund und gelblich wie die Akne auf den Gesichtern der Älteren aus meiner Schule. Und weil ich an die Pickel dachte, verzogen sich mein Mund und meine Stirn, als ich die Sieben drückte. Ich fuhr, es schüttelte meinen ganzen Körper. Ich dachte, dass gleich der Nazi kommen könnte, in jedem Stock dachte ich, dass er zusteigen könnte. Der kleine Bildschirm zeigte die Nummern der Etagen: zwei, drei, vier. Noch immer niemand, und noch drei Etagen, das alles war ein böses Märchen. Dann leuchtete die Sieben. Die Tür ging auf. Am Flurende stand Olcay. Seine strengen Augen trafen mich. Ich sah jetzt eine Wut in ihnen, die ich dort noch nie gesehen hatte. Er schlug mit seiner Faust gegen den Türrahmen, schrie: »Du hast betrogen!«, und schmiss die Tür der Wohnung zu. Ich stand immer noch in dem Fahrstuhl. Ein zartes Läuten. Die Türen bewegten sich. Ich schob mich mit einem großen, schnellen Schritt heraus. Dann rannte ich zur Wohnung von Olcay und Samiha. Ich klopfte, ich klingelte. Es machte niemand auf.

Zwei Tage später sah ich Samiha im Freibad. Sie sagte nichts. Sie saß am Beckenrand, die dunklen Füße waren im Wasser, ich setzte mich dazu. »Hallo«, sagte ich leise. Samiha gab mir keine Antwort. »Wie war Türkei?«, sagte ich lauter als das »Hallo« davor. Ihren Mund öffnete sie kein bisschen, sie antwortete mit einem Sprung ins Wasser. Und auch ihr Bruder sprach nicht mehr mit mir. Vier Freibadtage lang war ich unsichtbar für Olcay, für Samiha.

Abdullah und Ali, die anderen Spielplatzfreunde, traf ich am fünften Tag im Freibad. Sie fragten mich, warum die Türkenkinder – sie sagten immer »Türkenkinder« zu Olcay und Samiha, sich selbst nannten sie »Arabboys« – so seltsam waren. Ich fragte sie dasselbe und hatte dabei falsche Tränen in den Augen. »Du hast doch was gemacht!«, sagte Ali. »Hast du etwas gesagt gegen die Mutter?«, fragte Abdullah fauchend wie ein Krokodil. Ich schrie, so laut ich konnte: »Nein!« Was hatte ich gemacht? Es war der Fahrstuhl, das wusste ich, das aber wollte ich nicht sagen. Denn mein Betrug hatte den von Olcay und Samiha aufgedeckt. Die Sache mit dem Fahrstuhl war ein Märchen. Es war nicht meine Schuld.

Aus der Freundschaft zu Olcay und Samiha ausgeschlossen und verbannt, verbrachte ich die nächsten Tage, Wochen, Monate, vier Jahre. Zum Schaukeln und zum Klettern war ich inzwischen schon zu groß, ich hatte deutsche Freunde, denn die waren mittlerweile zu alt für ihren Hort. Das Türkenkinderviertel mit seinen Riesen sah ich selten. Denn Abdullah und Ali wollten mit Mädchen nicht mehr spielen, oder vielleicht wollten sie immer noch mit Mädchen spielen, aber anders, mit Händen an den Körpern, und das wollte ich noch nicht.

Es war wieder ein später Sommer, wieder einmal verbrannt von der zu scharfen Sonne stand ich an einer Haltestelle und wartete auf meine Straßenbahn. Dann sah ich sie. Samiha hatte dicke Augenlider, sie waren wie rot angemalt. Samiha weinte. Zuerst erkannte sie mich nicht. Ich sagte ihr Hallo, dann wusste sie es wieder, sie sagte meinen Namen.

»Hast du ein Taschentuch?«, sagte sie danach ohne ein Zurückhallo.

Ich suchte in meinem Rucksack. »Was ist passiert? Wie geht es dir?«

»Wir gehen nach Antalya zurück.«

»Warum? Und wann?«

»Meine Mutter ...« Samihas Stimme brach. Die Tränen ließen sie nicht weiterreden.

»Ist sie krank?«

Samiha bedeckte mit dem Taschentuch ihr schmales, dunkles, jetzt ganz rot angelaufenes Gesicht.

»Sie hasst es hier, sie hasst es, seit Papa weg ist.«

»Ist er auch in Antalya?«

Samiha nahm das Taschentuch von ihrem Gesicht und schwieg wie vor vier Jahren. Ihre Augen aber sagten: »Ja.«

Ich drückte mich gegen Samihas dünne Arme, an ihren Körper. Doch die Umarmung wirkte so gestellt, dass meine Früherfreundin sie sofort löste und sich schüttelte danach.

»Er hat es auch gehasst. Und dann hasste er uns dafür.«

»Dein Papa hasst dich nicht. Man kann seine Familie nicht hassen«, sagte ich.

Samiha öffnete kurz ihren Mund, aber wieder kam nichts aus ihm heraus. Vielleicht kam doch etwas und ich verstand es nicht. Ich hörte nur ein scharfes, lautes Knirschen. Die Straßenbahn fuhr ein. Es war Samihas Bahn zum Türkenkinderviertel. Sie stand schnell auf und ließ mir nur ein »Tschüss« da, als ob es früher unsere Freundschaft nie gegeben hätte in diesem siebten Stock, als ob es heute ihre Tränen nicht gegeben hätte an dieser Haltestelle. Dann stand sie in der Bahn. Ich schaute sie noch immer an. Mit einem zarten Läuten schoben sich die Türen vor ihr zusammen. Samiha starrte wütend durch mich durch. Sie wusste, dass ich es endlich wusste. Genauso hatte mich ihr Bruder vor vier Jahren im siebten Stock gesehen, mit den sich langsam schließenden Schiebetüren im Fahrstuhl. Und genauso hatten sie und Olcay ihren Vater im siebten Stock gesehen, vielleicht war es das letzte Mal, dass sie ihn sahen. Das wusste ich, als die Bahn mit Samiha sich in das Türkenkinderviertel zog. Vielleicht hatte mein Kopf die Szene nur erfunden, doch sie sah echt aus, wahr. Sie spielte in dem Riesen von Olcay und Samiha. Die beiden und die Mutter standen an der Wohnungstür, der Vater stand im Fahrstuhl. Die Schiebetüren schoben sich zusammen. Es gab niemals einen Nazi, der Türken tötete, verschwinden ließ. Es gab nur einen Türken, der zwar verschwand, aber noch immer lebte. Er lebte sehr weit weg, weil er es nicht geschafft hatte, im neuen Land zu leben. Jetzt kam die Scham, sie schnitt durch mich hindurch wie eine Messerklinge. Alles brannte. Es war doch meine Schuld. Ich hatte Olcay und Samiha ihr Märchen weggenommen.

Drei Mütter

Sie saß ganz hinten, in sich versunken, in ihren kleinen Körper. Sie fiel mir auf, weil sie nicht so wie alle anderen Kinder einen Rucksack auf den Stuhl legte, der neben ihr noch frei war. Die anderen Kinder machten das, um sich nicht mit mir einen Tisch zu teilen. Nur Martha teilte. Das war mein erster Schultag, an dem die Direktorin mich in diese Klasse brachte und Sätze sagte in einer Sprache, die ich nicht verstand. Ich setzte mich zu Martha, schaute sie an und sagte nichts, weil ich nicht mit ihr sprechen konnte.

Sie war nie laut so wie die anderen Mädchen, sie wollte überhaupt kein Mädchen sein, kein Kind. Sie trug ein Lächeln, das gestellt aussah, als ob sie für ein Foto lächelte. Ihre hellblauen Augen waren immer weit geöffnet, vielleicht wollten sie alles sehen, vielleicht konnten sie alles sehen. Marthas Gesichtsausdruck sagte aber etwas anderes, sagte, man sollte sie in Ruhe lassen. Doch ihr Gesicht, ihr Lächeln änderten sich in ihrem Zimmer in der Breite Straße. Alles an ihr war plötzlich unverstellt und richtig in dieser Wohnung, in der Martha mit ihrer runden Mutter wohnte. Die runde Mutter war besonders. Für mich war sie besonders. In meinem alten Land, in meiner alten Stadt, die meine Mutter, mein Vater, ich vor kurzer Zeit verlassen hatten, gab es kaum runde Mütter. Die Frauen dort bekamen ihre Rundungen im Alter. Rund waren deshalb nie die Mütter, es waren nur die Großmütter.

Die Mutter meiner Freundin hieß Margarete. Sie hatte schulterlange, dicke, blonde Locken und rote Wangen wie die Tochter, und, anders als die Tochter, immer ein Lächeln, das gerade war und offen. Sie sah ich aber erst nach Monaten der Freundschaft, denn sie war nie da. In Marthas Zimmer nicht, nicht in der Wohnung in der Breite Straße.

Das Zimmer meiner Freundin war eine einzige Unmöglichkeit. Es war unmöglich groß und jede Wand hatte ihre eigene Farbe: die eine gelb, die andere rot, die dritte himmelblau, die vierte rosa. Die vierte mochte Martha nicht. Sie hasste Rosa. Aber das Allerunmöglichste an ihrem Zimmer war das Chaos. Überall auf dem Teppich lagen Pullover, Hosen, Jacken, Teller, Gläser, standen Kartons und Käfige. Es waren drei Käfige. Mit vielen Meerschweinchen. Sie waren auch eine Unmöglichkeit. Ich kannte diese Tiere nicht.

Zum ersten Mal ging ich zu Martha nach einer sechsten Stunde, aber vielleicht auch einer fünften, wir gingen in die dritte Klasse. Die Jahre davor war Martha nach Schulschluss immer in den Hort gegangen. An diesem Tag hatte ihr Margarete einen Zettel hingelegt, in ihre Küche der Unmöglichkeiten. Sie war wie Marthas Zimmer, nur ohne Käfige und ohne Tiere. Die Wände waren hier schwarz, rot, orange, die vierte Wand war braun, aber gekachelt. In dieser Küche, neben diesem Zettel, stand eine bunte Packung aus Karton und eine Dose Kirschen. »Wir machen Milchreis«, sagte Martha. Ich wusste nicht, was Milchreis war. Sie legte Kirschen und etwas Weißes aus der Papppackung in zwei Schalen und diese dann hinein in ein Gerät. Sie sagte »Mikrowelle« und das dreimal und deutete auf das Gerät. Sie machte das mit jedem Wort. Drei Wiederholungen, ein Deuten. Ich saß auf einem Stuhl und schaute zu. Wir aßen. Es schmeckte neu und süß, war wie der Brei, den es in meinem alten Land gegeben hatte. Ich mochte Milchreis, das wusste ich seitdem.

Martha war zehn, doch sie benahm sich wie eine Erwachsene, wie eine Mutter. Ich ging fast jeden Tag nach der Schule zu ihr. Und jeden Tag verstand ich meine Freundin etwas weniger. Ich verstand nicht, warum sie sich so kümmerte.

Alleinerziehend, so hieß das Wort, das Margarete mir beim ersten Treffen sagte. Es war ein Sonntag, deshalb war sie zu Hause. »Ich bin alleinerziehend, und das ist nicht ganz leicht.«

»Wo ist Ihr Mann?«, fragte ich, weil ich »alleinerziehend« nicht verstand und weil ich jeden Erwachsenen mit Sie ansprach, so machte man es in meinem alten Land, in meiner alten Stadt. Wir saßen in der bunten Küche.

»Der ist gegangen«, sagte Margarete so, als ob sie wusste, dass er nicht wiederkommt, aber auch so, als ob das alles nur ein Witz war. Martha trug jetzt das Schulgesicht, trug ihr verkehrtes Lächeln.

»Männer sind Schweine«, sagte Margarete, und ihre Augen wurden zu Schlitzen. Sie lachte, wie nur runde Frauen lachen können. Martha ergänzte: »Aber keine Meerschweine, das ist ein Unterschied.« Sie sagte das, weil sie mir Deutsch beibrachte. Sie achtete darauf, dass ich die Worte richtig sagte. Und so saß ich mit Martha, die sich um mich wie eine Mutter kümmerte, und ihrer Mutter Margarete in der Küche und hatte zu Hause auch noch eine eigene Mutter.

Die Freundschaft wurde immer größer. Wie Martha. Und wie ich. Und jeden Montag fragte Martha fürsorglich, ob ich mir wieder Milchreis wünschte. Ich wünschte. Martha kochte. Ich sah ihr zu. »Wir sind eine Familie jetzt«, sagte sie irgendwann. »Wir sind die besten Freundinnen«, sagte ich darauf. Schon bald wurde mein Deutsch so gut, dass ich anfing, sie zu korrigieren. Martha gefiel das nicht. Sie sagte zu mir herrisch, dass ich ab jetzt die Meerschweine »versorgen« muss, ein neues Wort, das hieß: sie füttern, jeden Tag.

An einem Herbsttag aber hatte ich keine Zeit, das sagte ich zumindest. Es stimmte nicht. Ich mochte diese Tiere einfach nicht und auch nicht die Verantwortung für sie.

Am Tag nach meiner Lüge kam Martha nicht zur Schule. Ich rannte nach der sechsten in die Breite Straße, klopfte an Marthas Tür. Sie machte auf und sah mich wütend an. »Komm und schau, was du gemacht hast!«, schrie sie. »Geh in mein Zimmer!«

Dort lag mitten im Chaos das eine Meerschweinchen leblos auf seinem Rücken.

»Gustav ist tot und du bist schuld!«

»Ich habe ihn nicht angefasst. Die mögen mich doch nicht.«

»Du hättest ...«, sagte Martha, während aus ihren Eis-Augen unechte Tränen liefen: »Du hättest ihm etwas zu essen geben müssen, aber du bist nicht gekommen, einfach so! Jetzt ist er tot!«

»Das war ich nicht!«, auch mir kamen die Tränen, aber keine falschen.

Ich nahm meinen Schal, er war gestrickt und blau, wickelte Gustavs Körper darin ein. Zum Glück hatte ich heute nicht den rosa Schal, das sagte ich ganz leise zu mir selbst. Wir liefen in den Wald, gruben mit den Fingern ein Loch aus, legten den blauen Schal hinein, dann wieder Erde drauf und liefen danach auf den Waldspielplatz zum Schaukeln. Wir schaukelten mit dreckigen und schwarzen Händen.

»Gustav ist weggegangen, das sagen wir, wir sagen nicht, dass du es warst«, sagte mir Martha mit kalter, starrer Stimme.

»Ich war es aber nicht.«

»Das stimmt nicht, wärst du gekommen, wäre das Schwein auch nicht gestorben.«

»Es heißt: *das Meerschweinchen*. Und: Du lügst!«, schrie ich, sprang von der Schaukel und lief nach Hause.

Am nächsten Tag kam Martha wieder nicht zur Schule, und ich erzählte allen anderen, dass sie ihr Meerschweinchen ermordet hatte. Ich sagte das, weil ich etwas erzählen wollte, den anderen Kindern, nicht immer nur mit Martha sprechen wollte. Ich sagte es auch, weil ich auf Martha böse war. Böse auf ihre Vorwürfe. Böse, dass ich immer nur mit ihr spielen musste. Und auch, weil ich die Wahrheit wusste: Ihr Gustav war nur wegen mir gestorben. Die anderen Kinder mochten Martha nicht, weil Martha sie immer ignorierte. Und nach meiner Geschichte mochten die anderen Kinder sie noch weniger als gar nicht. Eiskalt mit einem Stein erschlagen. Erwürgt. Erstickt mit einem Kissen. In nur vier Stunden erzählten sich die Kinder in der Schule die unmöglichsten Geschichten über den Tod des Meerschweinchens. Und als ich nach der letzten Stunde hörte, was alle über Martha, über Gustav sagten, fühlte ich ein böses Glück. Am frühen Abend klingelte es an der Tür. Martha und Margarete.

»Warum hast du erzählt, dass ich Gustav erwürgt habe?«, fragte mich Martha. Sie hielt sich unsicher an der Hand ihrer Mutter fest, doch Marthas Tränen konnte die runde Frau nicht aufhalten. Wir gingen in die Küche, setzten uns an den Esstisch, meine Eltern waren nicht zu Hause, sie waren einkaufen gefahren.

»Ich bin enttäuscht von dir«, sagte sie dann. Sie sagte es wie eine Mutter zu ihrem Kind.

»Ich wollte nicht, dass du erzählst, dass ich es war.« So ging meine Entschuldigung.

»Aber das warst du nicht, er ist doch weggelaufen.« Martha warf mir einen Blick zu, der mich aufforderte zu nicken.

Ich aber schüttelte den Kopf und sagte: »Wie, weggelaufen!«

»Ja, gestern, als wir gekocht haben. Du musst es allen sagen. Du hast gelogen.« Die Augen meiner Freundin waren wieder Eis: »Du hast die Tür aufgelassen, das weißt du doch.«

Ich wusste, gegen Martha hatte ich keine Chance, und sagte deshalb: »Ja, stimmt, er ist weggelaufen.«

»Vielleicht sind Männer doch Meerschweinchen«, sagte dann Margarete und lachte wieder, wie es nur runde Frauen können. Dann lachte Martha und ich tat so, als ob ich lachte wie die anderen.

Nachdem ich am nächsten Tag in der Klasse erzählte, dass das, was ich über Martha und Gustav gesagt hatte, gelogen war, kehrte alles zurück zum Vorher. Martha und ich hatten nur uns. Sie kümmerte sich wieder nur um mich. Und um sie kümmerte sich niemand. Sie kochte, ich sah ihr zu. Sie zwang mich, ihre Meerschweinchen zu füttern, ich fütterte.

Nach den endlosen, schönen Sommerferien – ich war in meinem alten Land bei meiner runden Oma – stand plötzlich Dana in der Klasse. Die Direktorin stellte das neue Mädchen vor, so wie sie mich vorgestellt hatte vor drei Jahren.

Die Neue trug ein Kleid, das albern war, und eine große Schleife in den Haaren. Ich musste früher auch so ähnlich große Schleifen in den Haaren tragen. Sie kam aus einem Land, das niemand kannte, zumindest niemand, der noch nicht erwachsen war. Nur Martha kannte dieses Land, aber sie war ja insgeheim erwachsen. »Rumänien, das ist über Bulgarien«, sagte sie. Und Dana lächelte.

Ich hasste sie dafür.

Sie konnte kein Wort Deutsch, so wie ich einmal kein Wort dieser Sprache konnte. »Wir müssen ihr jetzt helfen«, sagte die Lehrerin, vielleicht war es aber auch Martha, die es sagte. Wahrscheinlich sagte Martha das. Am nächsten Nachmittag kochte sie wieder Milchreis. Diesmal für Dana, für sich und mich.

Dana kam dann fast jeden Tag zu Martha nach der Schule mit. Am Anfang war sie stumm, nach einer Woche sagte sie die ersten Worte, dann erste Sätze, und Martha applaudierte, so wie sie früher mir mal applaudiert hatte. Während sich Martha um Dana kümmerte, kümmerte Dana sich um Marthas Tiere. Und irgendwann war Dana ich. Denn Martha war jetzt ihre falsche Mutter, nicht mehr meine, und ich war frei. Ich liebte Dana dafür.

Der Fackelläufer

Als Carl von Steinmann seine Pistole gegen seine Schläfe hielt und auf den Abzug drückte, hieß die Von-Steinmann-Straße noch anders. Wie, wusste Max nicht mehr. Er nahm meinen Kopf in seine Hände, küsste mich und sagte: »Ich zeig dir was.«

Max ließ mich los, stand von der roten, harten Chesterfield-Couch auf, holte einen Schlüsselbund aus seiner Hosentasche und ging zu der schwarzhölzernen Vitrine – als Füße hatte sie vorne Löwentatzen, ihre Schubladen wölbten sich zum Bauch und von der Oberkante schaute ein Adlerkopf herunter. Der Schlüssel drehte sich zweimal. Dann legte Max eine Skulptur in meine Hand. Sie war lang, schmal wie eine Fernbedienung, aber schwerer. Ich starrte auf die bronzene, braun angelaufene Figur und Max erzählte. Vom Mann, der ein Freund seines Großvaters Carl von Steinmann war und ein berühmter Künstler. Er hatte die Skulptur entworfen.

»Die Nazis hatten ...«, sagte Max und stoppte, denn ins Kaminzimmer kamen jetzt die beiden Brüder.

»Wie sitzt dein Kragen, Steinmann!«, sagte der größere, er war der jüngere der beiden.

Max zog sofort am Stoff, richtete ihn und richtete sich auf. Er saß auf einmal so gerade wie eine Ballerina.

»Was macht ihr mit dem Läufer?«, sagte der ältere.

Ich lächelte nervös, Max stellte die Skulptur zurück. Der ältere der Brüder trug seine Haare kinnlang, sie waren voll und weißblond, sein Bauch war eine Kugel und sein Gesicht hatte kein Alter – es war nicht jung, nicht alt. Der andere Bruder hatte breite Schultern und sah, obwohl er jünger war, viel älter aus. Das machten seine dunkelbraunen Haare, die an den Schläfen und über seiner Stirn schon lichter wurden, die blasse, rote Kopfhaut zeigte sich. Die Brüder hatten so wie Max ein »von« in ihren Namen. Sie aber wohnten schon länger in der Villa und sie waren wichtiger als Max. Das wusste ich, mehr nicht. Ich verstand noch nicht alle Regeln in der Villa, nicht alle Regeln der Verbindung. Ich wusste nur, dass keiner T-Shirts tragen durfte – ein Kragen musste immer sein – und dass sich alle mit den Nachnamen ansprechen mussten, doch ohne »von«. Vornamen hatten nur die Gäste. Obwohl der größere der Brüder meinen nie sagte, er sagte immer »die Kellnerin« zu mir. Der kleinere rügte ihn jedes Mal, sagte dann »Anstand« und klang nach strengem Lehrer.

Max nahm mich in sein Zimmer mit. Es war so einfach eingerichtet wie alle Zimmer in der obersten Etage. Sie waren das Gegenteil vom Erdgeschoss, das Gegenteil vom ersten Stock. Studentenzimmer. Bett, Bücherregal, Schreibtisch, Kleiderschrank, das war alles. Wir saßen auf dem schmalen Bett. Max hielt schon wieder meinen Kopf, jetzt nur mit einer Hand. Sie war so groß, dass mir mein Schädel winzig vorkam. Max war zwei Meter groß. Alles an ihm war viel zu groß, auch seine dunklen Augen, die lange Nase und die vollen Lippen. Nur seine Ohren passten nicht zum Rest, sie sahen aus, als hätte jemand sie geschrumpft. Max war nicht hübsch, wie es die anderen waren, die ich vor ihm getroffen hatte. Aber er mochte mich, das sah ich in seinen großen Augen. Ich blätterte in seinem Heft mit Zeichnungen. Dann war es vier, ich musste weg. Geschichte lernen, danach die Schicht im Restaurant.

Als ich um Mitternacht die Tische wischte, die meisten Gäste waren gegangen, dachte ich noch einmal an Carl von Steinmann und seinen Freund, den Bildhauer. Ihre Geschichte hatte Max nicht mehr erzählt, weil er in seinem Zimmer dann lieber von seinen neuen Zeichnungen erzählte. Es waren verwinkelte Gesichter, und ihre Wangenknochen waren dicke Striche. Max wollte schon immer malen, Künstler werden. Doch seine Eltern wollten etwas anderes für ihn, für seine Zukunft. Seit einem halben Jahr studierte er jetzt Jura und wohnte in der Villa – sie wurde immer nur *das Haus* genannt, und alle sagten *auf dem Haus*, wenn sie von dieser Villa sprachen. Ich fand es falsch. Die Villa mochte ich. Ich mochte, wie sich alle dort benahmen. Die Jungs trugen Hemden wie Erwachsene. Sie standen auf, wenn ich ins Zimmer kam. Sie schoben mir den Stuhl zurecht. Das machte auch der jüngere der Brüder, der mich immer mit »Kellnerin« ansprach.

Um zwei war meine Schicht zu Ende, die Füße waren müde, die Schritte brannten. Auf dem Nachhauseweg zählte ich in Gedanken mein Trinkgeld noch einmal. Beinah einhundert Euro. Es reichte für das blaue Kleid im Schaufenster vom Kaufhaus Oscar. Ich wollte es am Samstagabend tragen, da war der Sommerball der Villa.

Am Samstag malte ich mir meine Lider blau, so blau wie auch das Kleid war, und wartete auf Max. Den roten Lippenstift hatte mir meine Mutter ausgeliehen. Ich hatte ihr von Max erzählt. Sie mochte ihn, obwohl sie ihn nicht kannte. Vielleicht mochte sie nur sein »von« im Namen. Vielleicht dachte sie, wir wären etwas Besseres, wenn ich mit Max zusammen war. Ich weiß, dass ich das dachte. Wenn ich mit Max zusammen war, fragte mich niemand, woher ich kam. Und niemand fragte mich nach meinen Eltern, nach ihrem seltsamen Akzent. Mit ihm war ich die Freundin von Max Maria Graf von Steinmann. »Maria« fand ich lächerlich, der Rest war wie ein teurer Schmuck.

Max kam im Porsche. Er war alt, hässlich und beigegold, hatte die Nummer 9-2-4. Max sprach die Zahlen immer nacheinander aus: neun-zwei-vier. Die anderen in der Villa sagten, dass das nicht richtig sei. Beim Ball sahen alle aus wie Menschen aus dem Fernsehen. Anzüge und Manschettenknöpfe, Abendkleider, Schmuck, Fliegen – alles wie im Film. Um Mitternacht lief Beyoncé, aber mein Kleid erlaubte keine Beyoncé-Bewegung, es war zu lang und eng. Ich zog Max auf die rote Couch. Er setzte sich und tanzte mit dem Kinn. Dann kam Yadvir und setzte sich zu uns. Seine Begleitung war eine Flasche Rotwein. Yadvir studierte Medizin und wohnte so wie Max seit einem halben Jahr in dieser Villa. Die Älteren behandelten die beiden wie Dienstboten. So waren die Regeln.

Yadvir hatte noch keinen Bart, aber einen dunklen Flaum unter der Nase, dazwischen glänzten kleine Tropfen Schweiß. Wie eine müde Kuh schnaufte er aus und reichte Max die Flasche. Max schaute sich verbrecherisch, schnell um, nahm direkt aus dem Flaschenhals einen Schluck. Und Yadvir lachte. Ich konnte ihn nicht ausstehen.

»Und, Yad-fir«, mit Absicht sagte ich seinen Namen falsch, »wie geht es deinen Eltern?«

Er atmete nochmal laut aus und schwieg.

Max drückte seine Finger fest in meinen Schenkel. Der blaue Stoff verzog sich, bekam Falten.

»Was soll das!«, rief ich.

»Bist du betrunken?«, sagte Max, und Yadvir lächelte so, wie er immer lächelte, halb falsch, halb unbeholfen.

Ich wusste, dass Yadvir Streit mit seinen Eltern hatte. Bevor er in die Villa kam, ging er auf meine Schule. Damals war er arm, jetzt sah er reich aus. Das lag an seinen weißen Hemden, seinen bunten Polohemden. Yadvir war vor dem Studium zwei Klassen über mir. Er war der Beste in der Schule, deshalb bekam er das Stipendium der Villa, das hatte Max einmal erzählt. Yadvirs Familie kannte ich auch, denn er hatte mir Nachhilfe gegeben. Das war erst ein Jahr her, da trug er noch einen Turban. Sein Vater trug auch Turban und seine Mutter einen langen, schwarzen Zopf. Ich mochte seine Eltern. Ich mochte Yadvir, als er noch diesen Stoff um seinen Kopf getragen hatte. Er zeigte allen, dass er anders war. Ich war wie er auch anders, kam wie er auch aus einem anderen Land, aber ich hatte keinen Mut, keinen Turban, ich hatte Angst, es jemandem zu zeigen. Einfacher war es, alles zu verstecken, was anders war. Deshalb versteckte ich meine Eltern, meine alte Sprache. Ich ahnte, dass ich mich selbst betrog. Nachdem auch Yadvir zum Betrüger wurde, alles verraten hatte, was er war, nachdem er seinen Turban fürs Studium und für die Villa abgelegt hatte, konnte ich ihn nicht mehr ertragen.

Yadvir legte jetzt seine Hand sanft auf meinen Rücken und sagte: »Alles okay, aber lass mal nicht mehr über sie sprechen.« Er tat schon wieder so, als ob wir was gemeinsam hätten.

»Klar«, sagte ich, riss Max die Weinflasche aus der Hand und ging auf den Balkon. Es war zu kalt für einen Sommerabend. Ich setzte mich auf einen der Eisenstühle und trank auch aus der Flasche. Max kam mir hinterher. Er stand im roten Licht, das von drinnen auf die große Fahne leuchtete, die aus dem Fenster über dem Balkon hing. Sie war grün, schwarz und gelb, so wie die dünnen Bänder, die alle in der Villa diagonal über den Hemden trugen.

»Du musst ihn mal in Ruhe lassen, er hat's nicht einfach.«

»Ja, der arme, arme Yadvir.«

Max küsste meine Nasenspitze, als wäre ich ein Kind. Ich wusste nicht, warum, aber ich lächelte.

»Bringst du mich? Ich will nach Hause«, sagte ich.

Max konnte nicht mehr fahren, deshalb gingen wir zu Fuß. Neben der Villa lag der Campus der mittelgroßen Universität der Stadt, in keinem Fenster brannte noch Licht. Wir schwiegen. Dann bogen wir zum Westsee ab. Ich zitterte, Max zog sein Sakko aus und legte es mir über die Schultern. Am See stand die Skulptur aus der Vitrine, diesmal in Groß. Der Bildhauer und Freund von Max' Großvater hatte, nachdem der große Läufer am Westsee aufgebaut war, eine kleine Kopie gegossen und sie dem Großvater geschenkt und dann die Form zerstört. Das hatte Max erzählt, als er mir im Kaminzimmer den kleinen Fackelläufer zeigte.

Der große stand jetzt vor uns auf einem hohen, schmalen Stein. Max sagte, dass die Skulptur fünf Meter hoch war und zwölf Meter die Stele. Wir setzten uns auf eine Bank. Links dieser Läufer, rechts dieses Straßenschild, auf dem der Nachname von Max stand. Ich drehte mich nach hinten, dann wieder um, nahm seine Hand in meine und hielt sie stolz wie eine Kaufhaus-Oscar-Tüte, in der ein neues teures

Kleid war. Max redete jetzt über seinen Großvater, aber er sagte seinen Namen nicht, er sagte nur »der Alte«. Der Alte war ein Kaufmann, hatte später Chemie studiert und machte danach die Fabrik auf, die es noch immer gab. 1936 spendete er der Stadt 100 000 Reichsmark für die Skulptur mit Fackel. Max sprach vom Alten wie über ein Idol.

Ich schaute hoch zu der Skulptur. Sie sah so groß viel dünner aus und schmächtiger, als die aus der Vitrine in der Villa. In einer Hand hielt sie die Fackel, die andere streckte sie zum Himmel hoch. Ich wollte fragen, warum sie ihre Hand ausstreckte, doch Max erzählte ohne Pause. Erzählte, wie der Alte mit seinem Künstlerfreund noch ein Privatmuseum eröffnete und wie er dem Theater einen Neubau zahlte.

»Er liebte Kunst, ich komme ganz nach ihm. Das sagt auch meine Mutter immer«, sagte Max.

Ich strich ihm eine Strähne hinter sein viel zu kleines Ohr. Er sagte dann: »Na ja, ganz so wie er bin ich auch nicht.«

»Weil du keine Fabrik hast?«

»Weil ich dich liebe«, sagte er. Und dann erzählte er, dass der Alte seine Frau nie liebte, dass er in Hugo, den Bildhauer, verliebt war. Max hatte einmal einen Brief gesehen, in dem der Künstler dem Großvater geschrieben hatte, dass sie sich nicht mehr sehen sollten, dass sie sonst nach Mauthausen gingen.

»Und darum hat er sich erschossen?«, fragte ich.

»Ja. Aber auch wegen der Nazis.«

»Und warum haben sie die Straße dann nach ihm benannt?«

»Keiner wusste was von Hugo und dem Alten. Und er hat ja viel getan für diese Stadt. Deshalb.«

»Aber, Max ...«

Max unterbrach mich: »Kommst du zum Grillen morgen?«

»Wie immer?«

»Wie immer«, sagte Max und stand auf.

Wir gingen weiter. Als wir bei meiner Wohnung ankamen, drückte er meinen Körper mit seinen großen Händen. Ich wollte nicht, dass es aufhört, denn es war gut.

Am nächsten Tag fuhr ich am Mittag in die Villa. Alles war aufgeräumt, als ob es nie einen Ball gegeben hatte. Die Putzfrau kam jeden Morgen um acht Uhr. Die Jungs saßen auf dem Balkon, tranken Bier aus Gläsern und vom quadratischen und großen Grill stieg Dampf hoch. Max küsste mich, aber er sagte nichts. Alle schwiegen. Anscheinend war etwas geschehen.

»Hast du den Fackelläufer?«, fragte der jüngere der Brüder nach einigen Sekunden.

»Was?«, sagte ich.

»Anstand!«, sagte der andere Bruder zu dem jüngeren. »Wir werden den Schuldigen schon finden!«

»Na ja, gestern waren einhundert Leute da. Das wird schwer ...«, sagte nun Yadvir.

Er stand am Grill, drehte sich zu mir um und dann erklärte er, was in der Nacht geschehen war. Jemand hatte den Fackelläufer mitgenommen, gestohlen, jedenfalls war er jetzt weg. Die Stimmung blieb den ganzen Tag über so schlecht, wie sie es schon am Mittag war. Ich musste für Klausuren lernen, ging früh am Abend und dachte nicht mehr an den Fackelläufer.

Nach den Klausuren kamen die Ferien. Ich fuhr noch einmal zu der Villa, um Max noch einen letzten Tag zu sehen.

Am nächsten Morgen musste ich zu meiner Großmutter ins alte Land, wie jeden Sommer. Doch Max erzählte ich was von Italien. Wir aßen Gulasch mit den anderen. Yadvir und Max hatten gekocht, bedienten alle. Als Max und ich später im Zimmer waren, rauchten wir Gras und schauten durch seine neuen Zeichnungen. Dann kam der Hunger. Max ging nach unten, er wollte in der Küche nach Chips und Cola suchen. Ich rauchte schon den zweiten Joint, aber vergaß zu ziehen. Er ging aus. Das Feuerzeug hatte Max in der Hosentasche, deshalb suchte ich in seinem Zimmer nach einem anderen. Im Bücherschrank stand eine große und ovale Kiste, in die Max immer alles legte. Ich öffnete die Kiste. Der Joint fiel auf den Boden. Zwischen Bleistiften, Anspitzern und Kugelschreibern lag der Läufer. Vor meinen Augen tanzten weiße Fäden.

Früher oder später würde die Putzfrau den Fackelläufer finden, dachte ich. Ich wusste, was dieser Läufer Max bedeutete. Er war für ihn das Zeichen seiner Liebe zum Alten und zur Kunst. Er war ein Teil seiner Familie, ein Teil seiner Geschichte. Aber sein Vater, der selbst auch als Student in dieser Villa gelebt hatte, der nichts von Max, von dessen Kunst, von dessen Liebe wissen wollte, hatte den Fackelläufer in der Vitrine mit dem Adlerkopf zurückgelassen. Deshalb gehörte die Skulptur der Villa, so wie die Möbel, das Besteck, die Fahnen. Das wusste ich. Ich wusste auch, man würde mich beschuldigen. Nicht Max.

Die weißen Fäden waren weg, ich schob den Fackelläufer unter meine Bluse, ging in den Flur, hörte die Stimmen der anderen von unten. Max sagte etwas über das Gulasch und Yadvir lachte. Die Brüder sprachen über ihre Hausarbeiten. Neben dem Zimmer von Max war Yadvirs Zimmer. Leise griff ich die Türklinke und ging hinein. In Yadvirs Zimmer war immer alles ordentlich. Das Bett gemacht, der Schreibtisch leer, drei Stifte lagen nebeneinander und viele Bücher gestapelt aufeinander, der Größe nach geordnet. Ich sah zum Wäschekorb. Dort lagen ein paar seiner bunten Polos. Ich schob den Läufer zwischen die Shirts und schlich mich raus.

Zwei Wochen war ich in meinem alten Land bei meiner Großmutter. Ich lernte neue Worte in der alten Sprache, die ich schnell wieder vergessen würde, das wusste ich. Ich sprach die alte Sprache kaum. Ich wollte nicht.

Als ich zurückkam, lagen auf meinem Schreibtisch alte Zeitungen, meine Eltern hatten sie aufgehoben. Sie lasen keine deutschen Zeitungen. Das Abo lief auf meinen Namen. Ich las sie für den Leistungskurs, für Politik. Ich setzte mich an meinen Schreibtisch und rief Max an, wir hatten in den letzten zwei Wochen nicht gesprochen, nur geschrieben. Max ging nicht ran. Ich nahm eine der vielen Zeitungen, die älteste, legte mich mit dem Bauch aufs Bett und blätterte herum. Dann sah ich plötzlich Max' Nachnamen in einer Überschrift. »Der Fall Carl von Steinmann« stand da. Ich richtete mich auf und las.

> Ein Schock für die Nachfahren des Industriellen Carl von Steinmann: Die Kommission zur Überprüfung von 120 Straßennamen will am Mittwoch vorstellen, welche Straßen umbenannt werden müssen. Dabei geht es auch um die Von-Steinmann-Straße.

Ich hörte auf zu lesen, legte die Zeitung auf den Boden, stand auf, sah wieder auf mein rotes Nokia und schaute durch die Nachrichten der letzten Wochen. Max hatte jeden Tag geschrieben, doch nichts über die Straße, nichts über seinen

Großvater. Ich wählte noch mal seine Nummer, wieder ging seine Mailbox an. Ich hob die Zeitung auf und starrte aufs Papier.

> Es ist bekannt, dass die Gestapo ab Januar 1942 auf dem Gelände der Steinmann-Werke ein Zwangsarbeitslager betrieb.

Ich hörte auf einmal ein Geräusch, es klang, als ob etwas zerbrach. Glas oder Porzellan. Doch in der Wohnung war nur ich. Ich hatte es mir eingebildet, beruhigte mich, las weiter.

> Aber wie sehr der Patriarch Carl von Steinmann in diese Verbrechen verwickelt war, ist nicht erforscht. Klar ist, dass er als Wohltäter bekannt war. Er stiftete der Stadt unter anderem auch die Statue »Der Fackelläufer« am Westsee.

»Ja, genau«, sagte ich leise, erleichtert zu mir selbst, wollte die Zeitung wieder weglegen, aber es ging nicht, ich musste alles wissen.

> Allerdings stand die Skulptur bereits 1998 in der Kritik. Studenten forderten die Entfernung des »Fackelläufers«, weil er angeblich den Arm zum deutschen Gruß hob. Die Stadt reagierte nicht.

Ich überflog den Rest, nahm danach alle anderen Zeitungen und suchte nach noch mehr Artikeln über die Familie von Max. In jeder Ausgabe stand etwas über sie. Ein letztes Mal griff ich nach meinem Nokia. Wieder ging nur die Mailbox an. Ich malte mir die Lippen rot und fuhr zur Villa.

Ein kleiner Bus stand in der Einfahrt, jemand zog aus oder zog ein. Die Brüder lernten vorm Kamin, sie standen so wie immer auf, als ich hereinkam. Ich fragte sie nach Max. Er war im Speisesaal, saß vor seinem Laptop. Als er mich sah, lächelte er.

Er küsste mich unehrlich, sagte: »Wie schön.«

»Max!«

»Hast du's gelesen?«

»Ja. Was heißt das alles?«

»Nichts.«

Max schob seinen Laptop zu mir. Da stand groß das Wort »Stellungnahme«. Ich sollte lesen.

»Was? Der Alte war dement?«, sagte ich, schaute vom Laptop hoch und suchte nach einer Antwort in seinen Augen.

»Ja. Hab ich doch gesagt.« Max lächelte jetzt wieder, freundlich wie ein Fremder.

»Wann hast du das gesagt?«

»Damals am See.«

»Nein, hast du nicht.«

»Egal. Lies weiter.«

Ich schaute auf den Laptop. Max hatte geschrieben, dass der Alte angeblich krank gewesen war und nichts von dem Arbeitslager der Gestapo wusste. Zweimal kam das Wort »Pranger« vor, einmal »schreiende Ungerechtigkeit«. Das alles verstand ich nicht, denn Max hatte mir in der Nacht am Westsee das genaue Gegenteil erzählt, er hatte erzählt, wie sehr der Alte unter den Nazis gelitten hatte, von Krankheit und Verwirrtheit aber hatte Max nichts gesagt. Ich las laut weiter.

»Mein Großvater kämpfte lange gegen die drohende Umnachtung. Im Januar 1944 erkannte er in einem letzten klaren Moment, dass er seinen Verstand verlor, und nahm sich deshalb nach jahrelanger Qual das Leben.«

»Gut?«, fragte Max.

»Ja, sehr gut.«

Wir schwiegen. Ich wusste nicht, was ich noch sagen sollte, und sagte deshalb: »Wer zieht denn ein? Kriegt ihr einen Neuen?«

»Nein, Yadvir zieht nur aus.«

»Warum?«

»Er hat den Fackelläufer gestohlen«, sagte Max.

Ich sah in seine Augen, dann auf seinen Laptop. Mir wurde schlecht. Wie eine Schlange drehte ich mich weg und schaute in den Flur. In dem Moment stand Yadvir auf der Treppe. Er hatte eine große Kiste in den Händen. Ich half ihm mit der Kiste.

»Es tut mir leid«, sagte ich, als wir am Auto waren.

Und Yadvir sagte: »Danke.«

Max und die Villa sah ich danach noch zwei Mal. Er hörte auf, mich anzurufen. Ich rief ihn auch nicht an. Die Straße mit seinem Namen behielt ihren Namen. Manchmal sah ich dort Yadvir. Es war sein Weg zur Uni. Er wohnte wieder bei seinen Eltern. Ich wartete darauf, dass er den Turban tragen würde.

Er legte ihn nie wieder an.

Der Sommer ohne Raffaello

Ani und Raffaello waren verheiratet, und sie waren glücklich, wenn sie zusammen waren. Wenn sie getrennt waren, sah Ani aus wie Unglück und Raffaello auch. Besonders Raffaello. Er war ein großer Mann mit schmalen Schultern. In seinem Gesicht hatte er dort, wo Menschen Wangen haben, Knochen, und seine Augen waren überdacht von schwarzen, wilden Brauen. Auf seinem Kopf hatte er die gleichen langen und wilden schwarzen Haare. Ani war Raffaellos Gegenteil, klein, rund und hell, ihr Körper, ihr Gesicht. Ihr Haar war blond, beinah durchsichtig und kurz geschnitten wie bei einem Mann. Ihr Mund, immer in einem beißenden Grellrot bemalt, und ihre Augen, immer betont mit blauem Lidstrich, waren sanft, streng und schön. Wegen der Augen und der Lippen nannten alle im Viertel Ani eine »Schönheit«.

In diesem Viertel wohnten viele Alte. Vier Altenheime reihten sich dort beinah aneinander. Zwischen zwei Heimen stand meine Schule so, dass der Schulweg vorbei an drei der Altenheime führen musste. Und an dem Eiscafé von Ani und von Raffaello. Das Café trug seinen Namen, es hatte aber noch ein Apostroph und ein »s« dahinter. Auf der Terrasse von Raffaello's sonnten sich sehr kleine Plastiktische und viel zu große Stühle. Auf den Tischdecken, sie waren aus rauem, dickem Kunststoff, standen in alten Vasen Plastikblumen. Und auf dem Boden lag ein grüner Teppich, der einen Ton heller wurde jedes Jahr. Irgendwann war er dann gelb. Hatte man Glück, dann war nur Ani da. Sie machte umsonst Streusel auf das Eis und sie sprach viel und laut.

Dann saßen wir, Sabrina, Katharina, ich, mit Stracciatella-Kugeln in den Bechern, die zu schnell schmolzen in der Sonne, auf der Terrasse und redeten über die Lippen von Sebastian, die jedes Mädchen küssen wollte. Über den Nacken von Marcel, den jedes Mädchen küssen wollte. Und über Tom, den Seltsamen, den niemand küssen wollte. Die Alten saßen an den Nebentischen, sie hörten mit und manchmal sagten uns die Frauen, dass wir sehr schöne Haare hätten. Sie hätten früher ihre Haare auch so lang getragen. Es waren die guten Sommertage. Doch immer dann, wenn Raffaello kam, waren sie sofort vorbei. Er sprach wie ein verschreckter, böser Kater, jeder Satz hörte sich an wie Fauchen.

Den alten Frauen gefiel er trotzdem. Vielleicht, weil alte Frauen Katzen mögen. Vielleicht aber, weil Raffaello für sie exotisch war. Ein echter Italiener, der einzige im Viertel. Doch Raffaello sprach nie Italienisch. Er hatte auch keine Verwandtschaft aus Italien im Café, keine Bedienung, die seine Sprache sprach. Er hatte nur Ani, seine Frau.

Es war im Juni, Physik war ausgefallen, wir hatten eine Stunde früher Schluss. Ich hatte keinen Schlüssel und meine Mutter war bis eins beim Arzt, das wusste ich. Ich wusste, dass ich noch eine Stunde warten musste, und wartete bei Raffaello's. Es war das erste Mal, das ich allein und ohne meine Freundinnen da war. Auf der Terrasse saß kein Mensch, die Alten kamen immer später, um diese Zeit aßen sie Mittag in ihren Heimen. Hinter der Eistheke stand niemand, und ich rief leise: »Hallo!«

Doch kein Mensch ließ sich blicken. Es kamen nur Geräusche aus dem Bad. Ich schlich zur Tür und lauschte. Ein leises Weinen. Ich lief wieder zurück zur Theke, tat so, als ob ich nichts bemerkte. Zu Hause machte ich das genauso. Denn meine Mutter weinte oft. Seit dem Umzug nach Deutschland war sie entweder arbeiten oder sie weinte. Allein und leise, und auch im Badezimmer eingeschlossen. Sie dachte, dass es niemand hören würde. Und deshalb taten mein Vater und ich immer so, als ob wir nichts bemerkten. Geübt wartete ich an der Theke, hörte irgendwann jemanden die Tür vom Bad aufschließen und sagte noch einmal: »Hallo.« Mit einem lauten Ausatmen antwortete mir Raffaello.

»Eine Kugel Stracciatella, bitte, in einem Becher, bitte«, sagte ich. Fauchend reinigte Anis Mann seinen Eislöffel. Ich konnte ihn nicht ganz verstehen mit seinem Akzent, der so verbogen war, dass seine Sprache nicht mehr klang wie Deutsch. Ich dachte dann an den Akzent, den meine Mutter hatte und mein Vater, und sagte: »Wie lange leben Sie in Deutschland?« Raffaellos Antwort war ein metallischer und lauter Knall. Er hatte den Eislöffel gegen die Eistheke geschlagen.

»Ich komme auch nicht aus Deutschland, ich bin jetzt seit sechs Jahren hier«, sagte ich freundlich, aber falsch, um mich mit Raffaello zu versöhnen. Er starrte auf einen Punkt irgendwo hinter mir. Und machte nichts. Nach einer Pause von langen zwei, vielleicht auch drei Sekunden fauchte er wieder. Wieder verstand ich nichts und sagte: »Wo ist denn Ani?« Und dann sprach Raffaello zum ersten Mal einige Sätze Italienisch. Ich hatte immer noch kein Eis und Raffaello ging jetzt in das Hinterzimmer.

»Entschuldigung«, sagte ich leise nach einigen einsamen

Sekunden vor der Theke. Und Ani kam. Sie hatte rote Flecken im Gesicht, auf ihren Wangen waren schwarze Streifen, verlaufener Mascara.

»Was darf's denn sein, mein Schätzchen?«, fragte sie.

»Stracciatella, eine Kugel.«

»Im Becher?«

Ich nickte, schob ihr das Geld über die Theke, saß dann wie eingefroren auf einem Plastikstuhl auf der Terrasse vor meinem Eis und konnte es nicht essen. Ich dachte an Raffaello, ans Badezimmer und an meine Mutter. Und dann daran, dass vielleicht Ani geweint hatte und doch nicht Raffaello. Das aber machte keinen Sinn, denn Ani war ja hier zu Hause. Sie hatte keinen Grund, zu weinen. Sie war nicht fremd, so wie ihr Mann, wie meine Mutter. Nach einer heißen, stummen Unendlichkeit war es ein Uhr, ich konnte heim.

Am nächsten Tag musste ich zum Supermarkt, ich hatte einen Einkaufszettel und zwanzig Euro mit. Im Penny an der Kasse standen plötzlich Ani und Raffaello vor mir. Sie sahen mich nicht an, erkannten mich vielleicht gar nicht, und küssten sich. Ani streichelte das Gesicht von Raffaello, seine Knochen, seine Wangen, so sanft, als ob sie einen kleinen Vogel streicheln würde. Die beiden sahen verliebt aus, so wollte ich auch aussehen, zusammen mit Marcel. Vielleicht auch mit Sebastian. Raffaello fauchte nicht, wie er sonst fauchte, und sagte zart zu Ani, und so, dass ich es fast nicht hören konnte, dass alles gut wird. Ich drehte meinen Kopf weg, damit Ani und Raffaello mich nicht erkannten und ich noch besser lauschen konnte. Es ging um Ärzte und um eine Kur. Dann sagte Ani, dass niemand so leicht stirbt. Danach küssten sie sich lange, das sah ich nicht, ich hörte nur diese Geräusche, die das machte.

Zu Hause, meine Mutter weinte wie immer hinter der Badezimmertür, dachte ich daran, dass sie und Raffaello beide gleich unglücklich in Deutschland waren. Aber das dachte ich nur kurz, denn damals dachte ich die meiste Zeit an Basti und Marcel – auch in den nächsten Tagen, in denen ich mit meinen Freundinnen auf der Terrasse vom Café Raffaello's saß.

An einem Tag einige Wochen später, die Mädchen saßen draußen, ich stand vor der Toilette, und es klang wieder so, als ob dort Raffaello weinte, ging auf einmal die Tür auf, und ich konnte nicht rechtzeitig verschwinden, zurück zum Tresen rennen. Ani stand da. Mit roten Augen. Sie wischte mit den Händen über ihre vollen Wangen und sagte so wie sonst: »Hallo, mein Schätzchen, geht's dir gut?« Ich sagte: »Hallo, ja«, als ob ich nichts gehört hätte. Ich ging ins Badezimmer und schloss die Tür hinter mir zu. Alles war ein Versehen, oder ich hatte mich versehen, dachte ich, als ich auf dem zugeklappten Toilettendeckel saß. Warum sollte sie weinen? Ani ging es doch gut, sie musste doch nicht weinen. Ich stand auf, ging zu meinen Freundinnen zurück und sprach mit ihnen über etwas anderes und dachte nicht mehr über Ani nach.

Am vorletzten Schultag traf ich mich wieder mit meinen Freundinnen, wieder bei Raffaello's, wieder um über die zwei Jungs zu sprechen: Sebastian und Marcel. Doch die Tür zum Café war zu, und Jalousien verriegelten die Fenster.

»Die sind nur einkaufen ...«, sagte ich.

»Da steht aber: Geschlossen wegen Urlaub«, sagte Katharina.

Wir liefen zum Kiosk nebenan und kauften Wassereis für vierzig Cent, setzten uns damit auf die verlassene Terrasse von Ani und von Raffaello, auf die zu großen Plastikstühle, die jetzt zusammengekettet waren.

Sabrina erzählte, was sie wusste. Sie sagte, dass das Raffaello's schließen würde.

»Warum?«, fragte sie Katharina.

»Weil irgendeiner krank ist, ich weiß nicht wer, sie gehen auf jeden Fall ins Krankenhaus, hat Papa mir gesagt.«

Dann schwiegen wir kurz, beinah traurig, bis Katharina wieder von Marcel erzählte. Das Raffaello's blieb geschlossen, den ganzen Sommer über blieb es zu. Ani und Raffaello waren nicht mehr einkaufen bei Penny, gingen nicht mehr spazieren durch den Stadtpark, ich sah sie nirgends.

Ein Jahr verging so, es war schon wieder Sommer, und nachdem ich Marcel zuerst geküsst hatte, wurde Sabrina zu dem Mädchen, das ihn küssen durfte, und Katharina ging jetzt mit Sebastian. Nach Schulschluss liefen wir zu dritt zum Kiosk, um Wassereis zu kaufen. Dann sahen wir Ani. Ihr runder Mund war immer noch grellrot gemalt, doch ihre Augen waren kleiner. Sie hatte einen Karton in ihren Händen, den sie vorsichtig wie ein Baby trug. Zum Hauseingang neben dem alten Raffaello's. In ihrem Auto waren noch mehr Kartons.

»Hallo«, sagten Sabrina, Katharina, ich im Chor zu Ani.

Sie nickte, aber sagte nichts.

»Machen Sie das Raffaello's wieder auf?«, fragte ich trotzdem.

Sie schwieg.

Am nächsten Tag machte sie wieder auf. Und alles war wie immer. Die Alten auf der Sonnenterrasse, Anis »Hallo, mein Schätzchen«, die Streusel, die umsonst waren, wir redeten über die schönen Jungs, ich hörte seufzende und traurige Geräusche aus dem Bad, und tat dann immer so, als ob ich nichts bemerkte. Nur Raffaello fehlte. Doch etwas von ihm blieb in dem Gesicht von Ani. Sie hatte von da an dieselben Knochen statt der Wangen – so wie ihr Mann, der nicht mehr lebte.

Fast ein neues Leben

Die Lippe brach mit einem Reißverschlussgeräusch, ein schnelles, hartes Öffnen. Ich schützte mit den Armen meinen Kopf, umfasste ihn vorsichtig, aber fest, als wäre er aus Porzellan. Die Tritte gingen gegen meinen Bauch, meinen Rücken, meine Beine. Ich traute mich nicht hinzuschauen. Irgendwann, nach Stunden oder nach Sekunden, bohrten die Männer ihre Füße nicht mehr in meinen Körper. Ich hörte schnelle Schritte, war allein, hielt immer noch den Kopf und öffnete die Augen. Sie suchten meine Tasche, Philipps Tasche. Sie lag wie ich zusammengetreten und geschlagen auf dem Boden.

Philipp war vierundzwanzig, als er mir einen Maracujasaft bestellte, ich achtzehn. Es war im Sommer, ein Jahr bevor sich meine Lippe aufzog wie ein Reißverschluss. Die Bar, in die ich immer ging und Philipp auch, lag in dem Haus, in dem ich damals seit drei Wochen wohnte, in der zu lauten und zu großen neuen Stadt.

Philipp saß immer rechts neben der Tür und ich am Fenster. Die ersten Tage sah er mir nur zu, starrte mich an, das spürte ich. Dann, es war ein Mittwoch, ich hatte mittwochs immer frei, kein Seminar und keine Vorlesung, kam er an meinen Tisch, auf dem drei Bücher lagen für eine Hausarbeit, die ich gerade schrieb. Er nahm ein Buch und schaute auf den Einband, sagte zuerst etwas über den Autor und dann diesen einen Satz.

Er sagte: »Woher kommst du?«

Ich sagte: »Aus der Uni.«

Ich wusste, dass er etwas anderes wissen wollte, doch in der lauten, großen Stadt wollte ich es verschweigen. Vor ihm, vor jedem. Kein Mensch kannte mich, wie ich früher war. Ich konnte neu sein. Philipp strich mit der Hand sein dickes, braunes Haar nach hinten, das machte er wahrscheinlich oft, denn es sah gut aus, und ich sah, dass er es wusste. Wir redeten bis morgens. Dann waren wir zusammen. Die Nächte über saßen wir in einem kleinen Park, mit Wein vom Aldi und Gras von Alexander, Philipps bestem Freund. Die Tage über lagen wir im Bett mit Joey's Pizza und mit Zigaretten. Zuerst in meinem Zimmer in der WG im Haus, in dem auch unsere Bar war, dann irgendwann nur noch in seiner Wohnung, immer in seiner Wohnung. Er hatte drei sehr dunkle, große Zimmer, die ihm die Eltern zahlten. Und weil ich immer da war, sagte er bald, dass ich nicht mehr weggehen sollte. Ich blieb. Die neuen Freundinnen aus der WG und aus den Vorlesungen kamen jede Woche zu Besuch. Sie fanden Philipp seltsam, aber sie mochten Alexander, auch er war jede Woche da. Wir kochten Pasta, machten Desserts und fühlten uns erwachsen. Eine vollkommen gewöhnliche Geschichte. Deshalb sagte Philipp nach einem halben Jahr, ich sollte seine Eltern treffen. Wir fuhren mit dem Zug nach Süden in eine kleine Stadt.

Dort saßen wir in einem italienischen Lokal und warteten. Zuerst kam Philipps Mutter, allein und leuchtend. Sie hatte braunes, dickes Haar wie Philipp und weiße, sanfte Haut. An ihrem Handgelenk hing eine schwarze Tasche, wie ich sie nur aus teuren Magazinen kannte. Sie sagte, dass Philipps Vater einen Parkplatz suche und es noch dauern könnte und wir doch jetzt schon einen Champagner trinken sollten. Wir tranken. Dann kam der Vater. Er war nicht hell, nicht schön wie Philipps Mutter, ein kleiner Mann im Kaschmirpulli. Er sprach mit Dialekt, erzählte von einem neuen Buch, das er gerade las, von jemanden, der keine Türken mochte. Er mochte dieses Buch. Ich dachte an die Freunde, die ich früher hatte, die Türkenkinder, die ich jeden Tag gesehen habe, weil deutsche Kinder in unserer kleinen Stadt sich nur mit deutschen Kindern getroffen haben damals. Ich schwieg. Die Mutter fragte nach meinem Leben, nach meinem Studium. Der Vater bestellte unsere Rechnung. Wir warteten auf den hellblonden, großen Mann, der uns bediente und schrill und schlecht einen Italiener spielte, und Philipps Vater sagte diesen einen Satz.

Er sagte: »Woher kommst du?«

Was macht schon eine Lüge? – Ich wollte dieses neue Leben.

Schnell, leise sagte ich den Namen der kleinen Stadt, in die mich meine Eltern gebracht hatten, sich selbst und vielleicht auch das Unglück. Unser Umzug nach Deutschland war da zehn Jahre her. Ich lebte länger im Land von Philipps Eltern, als ich in unserem alten Land gelebt hatte. Deshalb war es auch keine große Lüge, dachte ich und wechselte das Thema. Der Kellner brachte neue Gläser. Es gab noch einen Digestif.

Wir schliefen in Philipps Kinderzimmer. Aber nur Philipp schlief, ich lag wach neben seinem Atmen, das bohrend laut war und gleichmäßig. In dieser Nacht ahnte ich es, ahnte, was eine Lüge machen kann, versuchte, es so schnell wie möglich zu vergessen.

Wir fuhren zurück. Wir lebten weiter in den dunklen Zimmern und waren glücklich. Dann kam ein Anruf, ich musste zu meinen Eltern, denn meine Mutter war mal wieder in der Klinik. Ich packte schnell die kleine Reisetasche, die Philipp mir geschenkt hatte. Schwarzes, geprägtes Leder, mit Kettenriemen, sie leuchteten in Gold. Es war das Schönste, was mir jemand geschenkt hatte, jemals. Philipp war noch im Seminar, ich schrieb ihm eine Nachricht. »Komme am Freitag wieder, muss zu meinen Eltern.« Dann wollte ich noch schreiben, dass ich ihn liebe, in der Sekunde aber drehte sich im Schloss ein Schlüssel. Philipp. Er sah erschrocken auf die Tasche, die auf dem dunklen Boden unserer Wohnung stand. Ich lachte, um ihm den Schreck von seinem Gesicht zu holen, und sagte schnell, dass ich zu meinen Eltern fahre, sagte noch schneller das Wort »Klinik«, damit er es nicht hörte. Philipp ging ins Schlafzimmer und holte seine Tasche. Ich hielt ihn auf. »Du hast doch bald Examen«, sagte ich. »Du musst jetzt lernen, ich schaffe alles selbst, es ist auch harmlos«, sagte ich. Philipp fuhr mich zum Bahnhof. Ein Kuss. Ich saß im Zug.

Es war das erste Mal, dass ich wieder in diese kleine Stadt kam, seit ich in die Großstadt gezogen war. Und alles war wie früher. Die weißen Rentner auf den Straßen, die grauen Seniorenheime und die Kinder, die aus der roten Schule kamen, die zwischen den Seniorenheimen stand. Dann unsere Wohnung. Papa umarmte mich, brachte die Tasche in mein altes Zimmer, dort stand jetzt ein Crosstrainer. Als ich auszog, hatte mein Vater ihn gekauft, für sich, für meine Mutter. Daneben das Bügelbrett und Wäsche, sie roch nach meiner Mutter. Wir fuhren in die Klinik. Es ging ihr gut, ich küsste ihren Oberarm, wie sie meinen Oberarm als Kind geküsst hat. Zu Hause kochte ich, trank Wein mit meinem Vater. Am nächsten Tag wieder die Klinik, wieder ein Kuss auf ihren Oberarm und wieder Kochen, doch an dem Abend ohne Wein. Ich musste mit dem letzten Zug zurück. Mein Vater brachte mich zur Haltestelle, trug meine Tasche. Bevor ich in die Straßenbahn zum Bahnhof stieg, gab er mir einen Kuss und zog an meinem Zopf, wie er es immer machte. Es fühlte sich nicht gut an, ihn jetzt allein zu lassen. Die Straßenbahn war beinah leer, es war schon spät. Ich setzte mich nach hinten, dachte an meinen Vater und wählte seine Nummer. Er sagte, dass alles gut sei und dass ich jetzt lernen müsse, leben. »Ja, aber ich will noch ein bisschen bei euch sein«, das sagte ich in unserer Sprache, der Sprache aus dem alten Land. Dann stand ich auf, wollte aussteigen, zurück zu meinem Vater fahren. »Bis gleich, Papa«, sagte ich noch, sagte das wieder nicht auf Deutsch. Die Schiebetüren der Straßenbahn schoben sich langsam auseinander. Ich machte einen kleinen Sprung, so wie ich früher aus der Bahn gesprungen war, weil ich mich so wie früher fühlte, wie ein kleines Mädchen, gut. In dem Moment zog eine Hand an mir, ich stürzte. Es waren drei Männer. Sie schrien, dass sie mich nicht sehen wollen in ihrem Land. Dass ich hier nichts verloren hatte. Dass man hier ihre Sprache spricht und keine andere. Der erste Tritt traf mein Gesicht, er traf die Lippe. Das Reißverschlussgeräusch. Sie traten ihre Füße in meinen Körper. Als ob sie etwas, das tief in mir versteckt war, zertreten und zerstören wollten. Ich spürte keinen Schmerz. Später sagte der eine Sanitäter, das liege am Adrenalin und dass es erst nachher wehtun würde. Die Männer liefen weg, weil andere Männer kamen. Sicherheitspersonal der Bahn, danach die Sanitäter, die mich auf einer Trage in ihren Wagen brachten. Was sie mir sagten, verstand ich kaum, aber ich wusste, dass sie auch meine Tasche, Philipps Tasche, mitnahmen, das war gut.

Nach Stunden klingelte mein Telefon im Dreiklang, die Frau, die im Bett neben mir im Krankenzimmer lag, atmete böse und laut aus. Sie schlief, es war längst Nacht. »Bist du gut angekommen?«, schrieb mein Vater. Was macht schon eine Lüge? – Ich schrieb: »Ja.« Zwei Untersuchungen am Morgen, dann durfte ich nach Hause. Langsam zog ich aus meiner Tasche ein blaues Kleid und Make-up. Ich ging ins Badezimmer, riss das weiß-blau karierte Krankenhaushemd runter. Ich roch nach Jod und Schweiß. Im harten Licht sah ich mich nackt im Spiegel: das kleine Auge, zugedrückt von der Schwellung, die Flecken auf den Schultern, auf den Rippen, auf den Schenkeln und die kaputte Lippe. Die Creme, der Abdeckstift und der Concealer konnten die dunkelrote Haut unter meinem Auge nicht verdecken. Ich zog das Kleid an, doch zu schnell, ein Schmerz traf mich im Bauch. Dann setzte ich die Sonnenbrille auf und fuhr zum Bahnhof.

Im Zug starrten die Menschen. Das sah ich in dem Fenster, in dem sich ihre Blicke genauso spiegelten wie die kaputte Lippe. Philipp war noch in der Vorlesung, dachte ich, als ich vor unserer Wohnung stand. Ich öffnete die Tür. Aber das Wasser lief, Philipp war da. Ich stellte meine – seine – Tasche auf den Boden und traute mich nicht mehr zu atmen. Er riss die Tür auf, die letzte links, die Tür vom Badezimmer, und stand vor mir. Wieder hatte er ein erschrockenes Gesicht, weil er in mein Gesicht gesehen hatte. Er stellte aufgeregte Fragen. »Ein Unfall«, sagte ich und ging wortlos ins Schlafzimmer. Ich zog mein Kleid nicht aus, weil er dann sicher noch mehr Fragen gestellt hätte, und legte mich ins Bett. Philipp stand immer noch im Flur. Ich sagte, dass ich schlafen müsse. Er wollte sprechen. »Sieht schlimmer aus, als es in Wahrheit ist«, sagte ich. »Lass mich jetzt schlafen, bitte.« Philipp setzte sich zu mir und fragte weiter, immer weiter. Mein Kopf fühlte sich noch einmal getreten an. Er wollte so wie die Männer an der Haltestelle etwas tief in mir zerstören und zerbrechen. Ich wollte aber, dass alles bleibt, wie es mal war, und sagte nichts, drehte mich um, schlief ein.

Als ich aufwachte, war Philipp nicht zu Hause. Ich ging zum Kühlschrank, sah in der Küche meine Tasche, Philipps Tasche. Sie stand geöffnet auf dem Tisch. Auf den Papieren, die mir die Polizei im Krankenhaus gegeben hatte, stand unser Aschenbecher, der viel zu voll war. Am nächsten Tag traf er mich immer wieder mit seinen Fragen wie mit Tritten. Er wollte alles, was wir hatten, und alles, was ich war, zertreten und zerstören. Wir stritten, meine Rippen schmerzten. Er schrie, dass ich nicht lügen soll, dass es kein Unfall war, dass die Papiere etwas anderes sagten. Ich schämte mich und schrie, dass ich nicht Schuld war, dass er mir glauben müsse, alles vergessen müsse, und ich auch. Das wollte Philipp nicht. In unseren dunklen Zimmern wohnte jetzt Misstrauen und das ließ keinen Platz für ihn und mich. Nach einer Woche zog ich aus, zurück in die WG. Die schwarze Tasche ließ ich da.

Die Freundinnen aus den Vorlesungen, aus der WG fragten nicht nach. »Unfall« genügte ihnen als Antwort. Aber es war gespielt. Ich hörte, wie sie ernst und leise zueinander sagten, dass Philipp mich geschlagen hatte, dass er ein Schläger war, dass man Männer wie ihn wegsperren sollte, dass jemand doch zur Polizei gehen müsste. Ich sagte nichts.

Was macht schon Schweigen? – Ich wollte dieses neue Leben.

Wir tanzten Macarena

Als Christa lachte, als sie darüber lachte, dass ihr Kostüm gerissen war, wusste sie nicht, dass sie bald nicht mehr lachen würde. Im glänzenden und blauen Stretch-Satin, das sie umspannte und jetzt am Bauch wie ein Ballon zerplatzt war, wusste sie nicht, dass sie bald schon eine Verratene sein würde.

Als Christa lachte, hatte sie Geburtstag. Es war eine Verkleidungsparty und Christas Mutter hatte im Zimmer ihrer Tochter einen Koffer mit bunten Kleidern aufgestellt. Wir waren glücklich. Ich griff ein weißes, langes Kleid heraus. Es war ein Brautkleid, das von Christas Mutter, die auch schon bald eine Verratene sein würde. Das alles wusste da noch niemand. Vielleicht wusste es Christas Vater.

»Sag bitte Paul zu mir«, das hatte er gesagt, als ich Herrn Obst zum ersten Mal gesehen hatte. Ich sagte immer nur »Herr Obst«, weil man Erwachsene da, wo ich herkam, nie mit dem Du ansprechen durfte.

Herr Obst trug ein Barett – im Winter, Frühling, Herbst und Sommer. Es war aus Filz und rot. Und es sah albern aus, wenn er an dampfenden und heißen Sommertagen zu seinem grün karierten Hemd mit halben Ärmeln den roten Filz auf seinem Kopf trug. Er hatte immer eine Zeitung in der Hand. Eine mit roten Buchstaben auf der Vorderseite.

Ich dachte, die Zeitung sucht er sich bestimmt passend zu der Mütze aus.

Das erste und das letzte Mal ohne die Mütze sah ich Herrn Obst in seinem Bad, das auch das Bad von Christa war, von ihrer Mutter und den anderen Kindern, vier Brüder waren es. Herr Obst hatte nicht zugeschlossen. Er saß vollkommen nackt auf der Toilette, las seine Zeitung. Und ich erschrak. Er aber sagte nur: »Wie geht's?«, wie er auch angezogen »Wie geht's?« sagte. Ich schmiss die Tür zu, ohne Antwort, und lief ins Zimmer meiner Freundin, erzählte, was geschehen war. Ich hätte ihren Vater nicht nackt sehen dürfen, sagte ich. Christa malte die Einladungen zu ihrer Feier mit Kostümen aus und lachte, sie sagte mir, dass Nacktsein ganz normal sei. Ich fand ihren nackten Vater nicht normal und ging nach Hause. Und auf dem Weg dachte ich an diese Stunde in der Schule, in der unsere Lehrerin uns erklärt hatte, dass Männer, die sich uns ohne Kleidung zeigten, böse waren, dass wir es sagen, es erzählen und dass wir uns nicht schämen sollten. Aber ich schämte mich trotzdem.

War Christas Vater böse? Wahrscheinlich nicht, denn er war Lehrer und Lehrer sind nicht böse. Nur Schüler sind es. Das lernte ich im alten Land. Dort waren Lehrer wichtiger als Ärzte, wahrscheinlich wichtiger als alle. Im neuen Land war es ganz anders. Kein Kind musste aufstehen, wenn eine Lehrerin oder ein Lehrer in die Klasse kam. Und kein Kind hatte Angst vor einem Lehrer, einer Lehrerin. Nur ich. Am meisten vor Herrn Obst.

Zu Hause, in meinem Zimmer, dachte ich noch immer an Herrn Obst. Daran, wie er mich jedes Mal ausfragte über mein altes Land. Er liebte es, ich fand es seltsam. Denn niemand, den ich kannte, sprach über dieses Land, nur meine

Eltern sprachen jeden Tag davon. Ich hasste es. Nicht nur das alte Land, auch seine Sprache. Ich hatte aufgehört, sie zu sprechen, doch ich verstand sie immer noch. Vor meinen Freunden verheimlichte ich unseren Umzug, unser Leben. Dass ich aus diesem Land gekommen war, wussten nur wenige. Und mit fast allen sprach und spielte ich nicht mehr. Es blieb bloß Christa, die es wusste. Natürlich hatte sie das ihren Eltern auch erzählt. Herr Obst redete von nichts anderem, sprach mit mir immer nur über mein altes Land, erklärte mir, wie er sich dort das Leben vorstellte. Ich nickte jedes Mal, denn Lehrer hatten immer recht, das hatte ich gelernt.

An einem Abend, sechs Tage vor der Feier mit Kostümen, und drei, nachdem ich Herrn Obst nackt im Bad gesehen hatte, war ich wieder bei Christa. An diesem Abend war Frau Obst nicht da, sie war auf einer Tupperware-Party, das machten viele Mütter meiner deutschen Freundinnen damals. Zu siebt, mit Christas Brüdern, Christas Vater und Christa selbst, saßen wir an einem Holztisch, auf dem Butter und Brote lagen und Gurken, Käse, Wurst. Jeder hatte ein kleines Brettchen und durfte sich selbst sein Brot belegen. Auf diese Art zu essen, so kalt, so wenig, war merkwürdig für mich. Das machten wir zu Hause nicht, da kochte meine Mutter viel und warm.

Ich legte mir zwei Gurken auf ein Brot mit Butter und Christa lachte, weil das anscheinend falsch war.

»Wie sagt man bei euch eigentlich: ›Du brauchst noch Käse.‹?«, fragte Christas Vater.

Ich wusste nicht, warum er so was wissen wollte, aber ich sagte es ihm.

Er wiederholte meinen Satz zu weich.

»Und wie sagt man in eurer Sprache ›mein Liebling‹?«, fragte er danach.

Und ich erschrak. »Mein Liebling« sagte früher mal mein Vater, wenn er mit meiner Mutter sprach, doch seit wir in das neue Land gezogen waren, kam es kaum vor. Er sagte immer nur ihren Namen und es klang hart und kalt.

Herr Obst sagte jetzt meinen Namen in dem Tonfall, in dem mein Vater seit Jahren schon den Namen meiner Mutter sagte. Ich übersetzte für Herrn Obst »mein Liebling«.

Er schrieb die Worte in deutschen Buchstaben mit einem kurzen Bleistift auf die Zeitung, das machte er mit allen Worten, die ich ihm übersetzen sollte.

An diesem Abend schlief ich in meinem Schlafsack neben Christas Bett. Nachts wollte ich ins Bad, griff die Türklinke des Zimmers meiner Freundin. Dann hörte ich die Stimme von Herrn Obst. Sie rief mich. Sie sagte leise, in meiner alten Sprache und zwei Mal: »mein Liebling«.

Plötzlich bekam ich keine Luft mehr. Es fühlte sich so an, als ob in meiner Brust ein kalter Stein lag. Ich ließ die Türklinke schnell los und kletterte zurück in das Polyester meines Schlafsacks. Dann zählte ich Sekunden, bis es hell war. Tausende. Die Sonne drückte sich im schmalen Streifen durch die Gardinen in das Zimmer meiner Freundin. Ich zog mich an, nahm meinen Schlafsack, lief leise wie ein Räuber durch den Flur. Alle schliefen, und niemand sollte hören, wie ich ging. Zu Hause, meine Eltern schliefen auch, legte ich mich ins Bett und dachte an Herrn Obst, und irgendwann dachte ich, dass ich die Worte und seine Stimme nur geträumt hatte, dass ich nachts gar nicht in Christas Bad gehen wollte. Herr Obst hatte mich bestimmt nicht gerufen in der Nacht, das wusste ich am Morgen und schlief ein.

Fünf Tage später war dann Christas Feier mit Kostümen. Herrn Obst schaute ich nicht in seine Augen, als ich ankam, sagte nur schnell »Hallo«, und lief noch schneller ins Zimmer meiner Freundin. Ich nahm das Brautkleid. Wir lachten, waren glücklich, Christas Verkleidung platzte, wir tanzten Macarena. Danach zogen wir Pyjamas an, saßen in Christas Zimmer, erzählten uns gegenseitig erfundene Geschichten und tanzten noch mal Macarena. Als die Musik ausging, hörten wir aus der Küche leises Flüstern und schlichen uns in Richtung Küche und in Richtung Flüstern.

Am Tisch saß Christas Vater. Er sprach in meiner alten Sprache, sagte »mein Liebling« und ich erstarrte. Aber Herr Obst sprach nicht mit mir. Er sagte diese Worte ins grüne Telefon. Christa sprang aus der Ecke und rief: »Buuhh!« Herr Obst erschrak, der grüne Hörer fiel ihm aus der Hand, er stürzte sich auf Christa, packte sie an ihrem Bauch, schüttelte sie, wie man Kleinkinder schüttelt, umarmte sie und warf sie beinah hoch. Sie lachte und alle anderen Mädchen lachten mit. Ich auch. Bis ich auf einmal wieder keine Luft bekam. Denn Christas Mutter stand jetzt im Nachthemd in der Küche. Sie sollte aber gar nicht hier sein. Sie sollte weg sein, auf einer Tupperware-Party, irgendwo, von dort mit ihrem Mann telefonieren und nicht im Nachthemd in der Küche stehen. Sie schaute streng. Auf uns, die Mädchen in Pyjamas, dann auf ihren Mann, dann auf den grünen Hörer.

»Alle schnell ab ins Bett!«, rief sie.

Es war das letzte Mal, dass ich mit Christa ihren Geburtstag feierte. Einen Monat später sprach sie nicht mehr mit mir. Einen Monat später zog ihr Vater aus. Zu seinem Liebling, zu seiner neuen Freundin. Sie kam aus meinem alten Land.

Mädchen mit Heftklammern

Ein schweres Dunkelrot umrahmte die Konturen ihrer Lippen, von diesen strengen Linien zog sich die Farbe in die Mitte ihres Mundes, hinein in ihre tiefen Lippenfältchen. Es waren viele, sie spannten sich zu einem Gitter. Ihr spitzer, schmaler Mund sah aus wie ein Gefängnis. Trotzdem war ihre Stimme kein Gefangener, sie sprach frei und sprach viel. Und ich blieb stumm.

Die Welt der Frau mit dem Gefängnismund war für mich fremd. Es war die Welt der dicken Pappen und beigen Briefumschläge, der bunten Stifte, der teuren Federhalter.

Das allererste Mal besuchte ich Frau B. am Nachmittag nach meinem ersten Schultag im neuen Land. Die Lehrerin hatte mir eine Liste mitgegeben. Dort standen Worte, die meine Mutter und auch ich noch nie gesehen hatten, hinter ihnen standen Buchstaben und Zahlen: A5, HB, B4 – ich dachte sofort an die Panzer, die kurz vor unserem Umzug durch unser altes Land gefahren sind, die meine Eltern und die mich erschreckten, weil wir nicht wussten, was sie zu bedeuten hatten. Das Fernsehen sagte zuerst nichts. Am Tag, als diese Panzer kamen, war das Bild schwarz, es lief nur klassische Musik im Radio. Und meine Mutter weinte, weil sie die Panzer auf der Straße gesehen hatte. Ich sah sie später erst im Fernsehen, dort sagte eine Stimme: »Putschversuch«.

Im Laden von Frau B. musste ich an die Panzer denken, weil auf ihnen auch Buchstaben geschrieben waren mit Zahlen dahinter. Ich suchte nach Erinnerung: Stand auf den Panzern auch A5 oder B4 geschrieben? Ich hatte Angst, weil wir doch nur wegen ihnen weggehen mussten, das dachte ich die ersten Jahre nach dem Umzug.

Frau B. hielt meine Liste in der linken Hand, spielte mit ihrer rechten an einem dicken Goldring und schaute immer wieder zu meiner Mutter, auf die Liste und zu mir. Unsicher lächelte ich, weil ich schon lange lächelte. Seit Monaten. Seit wir ins neue Land gezogen waren. Doch ich lächelte anders als in meinem alten. Dort lächelte ich immer, wenn Tante Olya abends in unserer Kommunalka saß und von ihren Ehemännern erzählte. Sie war sehr schön, klein, viermal verheiratet, zweimal verwitwet und einmal geschieden. Ihr letzter Ehemann lebte im Osten, zweihundert Kilometer weiter in einer anderen Stadt und war Berufstrinker geworden, das sagten die Erwachsenen. Olya lebte mit ihrer Tochter Mila und uns in einer kleinen Zweizimmerwohnung in einer Gegend, in der auch viele Berufstrinker waren. Warum der Ehemann von Tante Olya also im Osten arbeitete, hatte ich nie verstanden.

Jetzt waren Tante Olya, ihre vielen Ehemänner, Mila und die Kommunalka so weit weg, dass es keine Geschichten mehr zum Lächeln gab. Jetzt lächelte ich nur noch, um zu verbergen, dass ich nichts verstand. Um meine Angst vor diesem Land und dieser Sprache hinter den straff gespannten Mund zu stecken.

So, lächelnd, ohne zu lächeln, stand ich mit meiner Mutter vor Frau B. in ihrem Laden. Was sie damals gesagt hat, verstand ich nicht. Ich wusste nur, dass sie nicht zurücklächelte. Das aber wunderte mich nicht, weil niemand mir im neuen Land als Antwort auf mein unsicheres und falsches Lächeln jemals ein Lächeln zurückgegeben hatte. Die langen Finger von Frau B. griffen nach rechts, nach links und stopften alles in eine bunte Plastiktüte. Ich war erleichtert, weil Frau B. keinen Panzer einpackte, weil die Einbände der Hefte, die sie in die Tüte steckte, bedruckt waren mit Bären und mit Katzen. Die langen Finger von Frau B. spielten Klavier auf ihrer Kasse und ein Betrag erschien darauf, der meine Mutter kurz zusammenzucken ließ, in ihrer Krokodil-Geldbörse suchte sie das Geld und zahlte. »Tschüss«, ein Wort, das wir schon kannten, das sagten wir im glücklichen und schiefen Chor, doch die Gefängnismundfrau reagierte nicht. Das war meine erste Begegnung mit Frau B. und ihren Händen, die ich mehr anschaute als ihr Gesicht, weil sie mir weniger Angst machten.

Trotzdem verliebte ich mich an dem Tag in diese Welt der Frau mit dem Gefängnismund, denn sie roch neu und hölzern, nach Bleistiften, nach Tinte, nach Papier. Ich liebte den Geruch.

Fast jede Woche besuchte ich seitdem den Laden von Frau B. und kaufte nie etwas. Ich wollte nur da sein, nur schauen, nur riechen. Und weil Frau B. Kunden, die keine Kunden waren, nicht mochte, verzog sich das Gefängnis ihrer Lippen immer mehr, wenn sie mich ansah. Das Gitter wurde immer enger, immer kleiner, machte mir Angst, so viel Angst, dass ich stumm blieb. Kein falsch betontes »Hallo, wie geht's Ihnen?« zur Begrüßung, kein zu hart klingendes, kaputtes »Tschüss« zum Abschied. Die deutschen Worte vergaß ich, sobald ich die Welt von Frau B. betrat.

Doch kurz vor Weihnachten sollte sich alles ändern. Ich

hatte Pfandflaschen gesammelt und sie zu Geld gemacht. Noch etwas Unvorstellbares war das, im neuen Land, in dem so vieles schwer vorstellbar war: Man geht in ein Geschäft, bringt Müll mit und bekommt Geld dafür. Im Laden hatte ich vor Wochen schon ein kleines, buntes Schächtelchen bemerkt. Was in der Schachtel war, wusste ich nicht, aber ich wusste: Zu Weihnachten wollte ich sie meiner Mutter schenken. Wieder einmal trug ich das unsichere und falsche Lächeln, wieder einmal sah ich den bösen Gittermund von Frau B. Ich zeigte auf die Schachtel. Sie fragte mich, wozu ich sie denn brauchte. Ich sagte, dass es ein Geschenk für meine Mutter sein soll. Und dann zum allerersten Mal lächelte sie, das war ein sehr seltsames Lächeln, weil sich das Gitter ihrer Lippen jetzt verzog, sich aufzog, fast so, als ob gleich ein straffälliges und wildes Ungeheuer aus ihrem Mund ausbrechen würde. Sie sagte, in dieser Schachtel seien nur Heftklammern. Ich verstand das Wort nicht und fragte, ob ich sie einmal sehen könnte. Sie lächelte noch schiefer, jetzt würde es herausspringen, das Ungeheuer von Frau B., das dachte ich. Ich hatte Angst, doch als ich dann die bunten Klammern sah, vergaß ich Frau B.s offenes Gefängnis und schob mein Kleingeld auf den Tresen. Frau B. fing an zu lachen, rief ihre dicke, viel zu stark geschminkte Angestellte, erzählte ihr, dass ich Heftklammern zu Weihnachten verschenken wollte. Und beide lachten, sagten etwas, lachten wieder. Ich verstand wenig, nur Teile ihrer Sätze, sie sagten immer wieder »die Ausländer«, »die Ausländer«.

Ausländer, das war ich. Das wusste ich schon aus der Schule. Weil niemand sonst so genannt wurde, war es etwas Besonderes. Fast wie Prinzessin. Deshalb lachte ich mit

Frau B., ihrem Ungeheuer und der zu bunt geschminkten Angestellten. Die freundlichen und langen Finger von Frau B. sammelten meine Geldstücke vom Tresen, zwei Münzen schoben sie zurück, die ich behalten sollte. Mit einem Lachen, zwei Münzen und der kleinen Schachtel verließ ich dann den Laden und hörte hinter mir wieder »die Ausländer« und »Ausländer« und »Ausländer« – und ich war stolz und glücklich. Es war ein liebes Ungeheuer, das im Gefängnismund von Frau B. saß, das wusste ich an diesem Tag.

Nach Weihnachten, nachdem Mama das Kästchen schnell geöffnet hatte und sich über die Klammern freute, ging ich wieder in diese Welt, den Laden von Frau B. Diesmal war es sehr voll, ich lachte Frau B. an, zeigte auf mich, sagte: »Ausländer, wie Sie gesagt haben: ich Ausländer.« Frau B. zischte ein »Psst« und ihre langen Finger zeigten mir, dass ich jetzt gehen sollte. Ich aber wollte ihr erzählen, wie glücklich meine Mutter – meine Ausländermutter, sagte ich – gewesen war über die Schachtel und die Heftklammern.

Neben mir stand eine schmale Frau mit hochgetürmten und orangen Haaren an der Kasse, sie hatte Frau B., hatte mich beobachtet. Erst jetzt verstand ich, wie unangenehm die Situation für Frau B. war. Ihr Gittermund blieb zu, kein Lächeln, kein nettes Ungeheuer. Die Orangefarbene sagte etwas. Es ging um Menschen und um Unmenschen und darum, dass alle gleich seien. Sie sah so aus, als ob sie wütend auf Frau B. war. Dann griff sie meine Hand und sagte: »Böser, böser Laden.« Warum das alles, das wusste ich nicht. Ich wusste nur, dass Frau B. sich nicht gut fühlte. Deshalb riss ich die Finger der Orangefarbenen weg und lief nach Hause, machte mir Sorgen, darüber, dass ich Frau B.s Mund nie wieder würde lächeln sehen.

Doch es kam anders. Drei Tage später, als ich wieder nach Schulschluss in ihren Laden kam, war niemand da, außer Frau B. und mir. Ich deutete wieder auf mich und wartete, bis sie es sagte. Frau B. lachte laut auf, öffnete ihr Gefängnis und ließ das liebe Ungeheuer raus: »Na, du kleiner Ausländer, schon wieder da?« Sie mochte mich, das dachte ich, und war in diesem Augenblick, in ihrem Laden stolz und glücklich. Ich lächelte. So wie ich damals lächelte, in meinem alten Land.

Die Versteckten

Er war perfekt. Alles an ihm war regelmäßig, schön. Der Mund, die Nase, die Augen, seine Haut, besonders seine Haut, die jedes Mädchen küssen wollte. Auf seinen braunen Beinen, seinen braunen Armen waren die Haare weiß, gebleicht von Sonne. Zu jeder Jahreszeit war er gebräunt. Mit seinen Eltern fuhr er ständig Segeln, immer irgendwo im Süden. Das wussten alle.

Als ich ihm sagte, dass ich in ihn verliebt war, brachte er mich nach Hause. Wir kamen aus dem Freibad und waren müde von der Sonne, hatten noch Ketchup von den Pommes unter unseren Nägeln – Marcel kaufte drei Portionen nacheinander, vielleicht waren es vier. »Okay«, sagte Marcel, »dann gehen wir jetzt miteinander, wir gehen morgen zu mir nach der Schule.« Ich lächelte wie jemand, der es geschafft hat. Es war ein Sieg, mit ihm zu gehen: mit dem Hockeykapitän, der immer Polos von Lacoste trug. Und dann hatte er diese Haut. Und diese Eltern. Sie waren so perfekt wie er. Manchmal kamen sie zur Schule und warteten in einem roten, breiten Auto auf Marcel. Oder sie standen glücklich und sich küssend auf Schulfesten herum. Ihre Haut war ebenmäßig und gebräunt und ihre Kleidung war perfekt gebügelt, und wenn sie lachten, zeigten sich ihre schönen Zähne, es waren die weißesten Zähne, die man sich denken konnte. Das Segelboot, das breite, rote Auto, der Urlaub, immerzu im Süden – wahrscheinlich wollten alle wie Marcel sein. Auch ich wollte wie er sein, wollte so eine Haut und solche Eltern. Meine kamen nie zur Schule, ich ließ sie nicht. Die Einladungen zu Festen versteckte ich oder ich schmiss sie weg. Obwohl mein Vater, besonders aber meine Mutter auch schön waren. Nur nicht so ebenmäßig, so gebräunt.

Die Nachricht, dass Marcel und ich zusammen waren, lief einen Tag später durch die ganze Schule, sie lief so schnell, dass in der großen Pause alle alles wussten. Nach Mathe wartete Marcel auf mich mit seinem Mountainbike. Er setzte mich auf seine Fahrradstange und wir fuhren zu ihm.

Vor einem großen Zaun blieben wir stehen, er drückte eine Nummer in die Tastatur, die dieser Zaun anstelle eines Schlosses hatte. Die Tore zogen sich verschlafen auseinander und es erschien ein langes, flaches Haus. Nur ein Stockwerk hoch. Die meisten Wände waren aus Glas, waren Fenster. »Die Alten sind nicht da«, sagte Marcel. »Wie schade«, sagte ich. Und er darauf: »Nein, gut.«

Das lange, flache Haus war eingerichtet wie Marcels Vater angezogen war. Sein Vater war etwas Hohes bei der Bank. Die Möbel hatten symmetrische Metallgestelle, die Farben waren dunkel, und alle Bilder, die im Haus hingen, waren schwarz-weiße Fotos von kantiger Architektur. Sogar die Küche, die grau-weiß war, hatte etwas sehr Strenges, Düsteres, vielleicht weil sie so sauber war, als ob in dieser Küche niemals jemand kochte, niemand Tee trank oder Wyssozki-Lieder sang, so wie es üblich war in unserer Küche und in den Küchen meiner Großeltern, Verwandten und aller, die aus meinem Land gekommen waren.

Marcel zog aus dem Kühlschrank einen Saft. Ohne sich ein Glas zu nehmen und mir ein Glas zu geben, trank er schnell, gierig aus dem Tetra Pak und wischte sich danach mit dem Handrücken über seinen Mund. Auf Marcels Hand glänzten die Tropfen des Orangensafts, was seine schöne Haut noch schöner machte. Er ging wortlos ins Wohnzimmer, machte den Fernseher an und setzte sich auf die zu strenge Couch. Ich setzte mich zu ihm. Wir schauten das Nachmittagsprogramm. Nach zwei Talkshows lehnte ich meinen Kopf an seine Schulter. Marcel reagierte nicht, kein Ausdruck, keine Regung. Erst als ein Auto vor der Tür Geräusche machte, zuckte er zusammen. Er sprang auf, sagte, dass wir jetzt gehen müssten. Ich suchte nach meinem Rucksack, er lag noch in der Küche. Marcel befahl mir dreimal: »Schnell, schnell, schnell!«

Ich war zu langsam, die Tür ging auf und seine Mutter stand vor uns. »Ach«, sagte sie und fragte, wer ich sei, ohne ihrem Sohn auch nur Hallo zu sagen oder ihm über das Gesicht zu streicheln oder ihn auf die Stirn zu küssen.

»Keine Zeit«, sagte Marcel und zog mich an der Hand nach draußen. Die Mutter sagte nichts mehr. Marcel setzte mich wieder auf die Fahrradstange und fuhr mit mir zu einem kleinen Platz mit vier Tischtennisplatten. Dort trafen sich alle aus unserer Schule, saßen herum und rauchten. Dort blieben wir noch eine Stunde und – rauchten. Wir taten so, als ob wir rauchten, denn wirklich rauchen konnte damals niemand.

Die nächsten Tage waren sich sehr gleich. Fernsehen nach der Schule im schönen strengen Haus, danach Herumsitzen auf dem Tischtennisplatten-Platz und Rauchen. Einmal sah ich in Marcels Haus seinen Vater, und dessen Haut war noch gebräunter und noch schöner, als sie es in meinen Erinnerungen war. Marcel hatte es wieder eilig. Er sagte wie schon zu seiner Mutter: »Keine Zeit.«

Am Wochenende wollte Marcel, dass wir zu mir zum Fernsehen gingen. Ich sagte, wir hätten Bauarbeiter da. Das sagte ich immer, weil ich nie wollte, dass er, dass überhaupt irgendjemand zu mir nach Hause kam, zumindest an den Tagen, an denen meine Eltern da waren. Denn in der neuen Klasse und der neuen Schule wusste kein Mensch, dass meine Eltern keine Deutschen waren, und ich wollte nicht, dass jemand es erfuhr. Schon ein »Wie geht's?« aus dem Mund meiner Mutter, aus dem Mund meines Vaters hätte es verraten, es hätte mich enttarnt. »Dann sehen wir uns Montag, oder im Freibad, wenn das Wetter gut ist«, sagte Marcel beleidigt oder traurig oder beides. Ich fragte mich, warum er mich am Wochenende nicht mit zu sich nehmen wollte. Er hatte keinen Grund, seinen Vater, seine Mutter zu verstecken. Sie sprachen ein sehr schönes Deutsch, sie waren Deutsche. Sie waren perfekt.

Marcel und ich machten mit unseren Treffen weiter. Schauten zusammen fern, bald schon küssten wir uns zwischen den Talkshows und in den Werbepausen. Wir machten weiter mit dem Sitzen und dem Rauchen bei den Tischtennisplatten. Wir machten weiter mit dem Freibad und den Pommes. Bis zu den Schulferien. Drei Wochen sollte Marcel weg sein. Segeln, so wie immer. Er fuhr. Mein Bauch tat weh, weil Tage ohne ihn mir falsch vorkamen, einsam. Nach einer Woche aber war es besser, der Bauch hatte sich überraschend schnell gewöhnt.

Es war ein Mittwoch, die Hitze dampfte. Am Mittag fuhr ich in das Freibad und sah Marcels Mountainbike am Tor.

Er saß neben dem kleinen Becken mit seinen Freunden, ich setzte mich zu ihm, er küsste mich mechanisch.

»Hi, Baby!«, sagte er.

»Ich dachte, du bleibst noch eine Woche weg!«

»Jaja, egal.«

»Ist was passiert?«

Marcel schüttelte seinen Kopf und sagte: »Gehen wir später noch zum Tischtennis?«

»Ja, aber ich muss kurz nach Hause«, sagte ich, obwohl ich sagen wollte, dass er mir sofort alles erklären musste und dass »egal« als Antwort mir nicht reichte. Das traute ich mich aber nicht. Er wollte mit mir kommen, das wollte ich nicht. Denn meine Eltern waren zu Hause. Ich war mir sicher, wenn er sie sehen, mit ihnen sprechen würde, dann würde er nicht mehr mit mir gehen wollen. Nicht, weil ich glaubte, dass Marcel etwas gegen Fremde hatte. Ich glaubte nur, er würde dann begreifen, dass ich nicht war wie er, nicht einmal wie die anderen.

Ich rannte los, sagte Marcel, ich bräuchte nur zwanzig Minuten. In meinem Kinderzimmer suchte ich sofort nach dem hellgrünen Lidschatten, den mal Sabrina für mich bei Rossmann geklaut hatte, und nach dem pinken Top, das durchsichtig am Bauch war. Dann klingelte das Telefon. Es war Marcel. Er sagte ab. Bevor ich etwas sagen konnte, legte er auf. Sofort rief ich Sabrina an, sie wusste immer alles, sie hatte immer einen Rat. Und diesmal war Sabrinas Rat, zu ihm zu gehen. Deshalb fuhr ich gleich hin, stand vor dem hohen Zaun und drückte auf die Tastatur. 4 6 9 4. Die Nummer kannte ich auswendig. Die Tore zogen sich verschlafen auf. Ich stand jetzt vor dem Haus und durch das Glas sah ich Marcel: Er saß auf der zu strengen Couch, vor ihm stand seine Mutter und dann saß da ein Mann im schwarzen Sessel, der mich bemerkte. Er sagte scheinbar etwas, Marcel und seine Mutter drehten ihre Köpfe zu mir um. Ich winkte, ging zur Tür. Marcel riss sie schnell auf, er hatte jetzt das gleiche erschrockene Gesicht, das mal Sabrina hatte, als sie beim Klauen bei Rossmann erwischt wurde.

»Was willst du?«, sagte er.

»Nur reden.«

»Jetzt ist nicht gut, weil ...«

Plötzlich war Marcels Mutter in der Tür und unterbrach ihn. »Wie schön, dass du da bist, Marcel hat dich immer versteckt, komm doch rein«, sagte sie und legte ihre rechte Hand auf meine Schulter.

Marcel verzog seinen Mund. Die Hand von Marcels Mutter schob mich durch den schmalen Flur ins Wohnzimmer. Dort stand der Mann, den ich nicht kannte. Nichts an ihm passte in das Zimmer, in das Haus. Der Mann war nicht perfekt. Er trug ein T-Shirt, das verblichen war, und eine Jeans mit Beulen an den Knien.

»Ich bin Herr Schumacher, hallo. Und du bist die Freundin von Marcel?«, sagte der unpassende Mann.

Ich schaute in Marcels immer noch verzogenes Gesicht und nickte.

»Ich wollte auch gern mit dir sprechen«, sagte der Unpassende zu mir, schaute dann zu Marcel und fragte ihn, ob ich es wüsste. Marcel schaute zuerst wütend, dann leer, dann wieder wütend, sagte kein Wort, lief in sein Zimmer. Wir hörten, wie eine Tür zuknallte. Ich wollte zu ihm, doch die Hand seiner Mutter lag immer noch auf meiner Schulter und drückte mich jetzt auf die Couch. Was dann passierte, war viel und ging so schnell, dass ich es nur zur Hälfte verstehen konnte. Der fremde Mann sagte etwas von Therapie. Und Marcels Mutter erzählte von Problemen. Es ging um Marcel und ums Essen. Ich begriff nichts. Es war bestimmt ein Irrtum. Marcel hatte doch gegessen, die Pommes in dem Schwimmbad hatte er gegessen. Drei Portionen hatte er gegessen. Manchmal auch vier. Jungs essen immer viel. Nur Mädchen haben Probleme mit dem Essen. Die Mutter und der Mann redeten leise, schnell, und ich saß wortlos auf der strengen Couch. Als es vorbei war, klopfte ich an die Tür von Marcels Zimmer, er schrie: »Geh jetzt!« Ich ging.

Am nächsten Tag rief ich ihn an, aber Marcel wollte nicht mit mir sprechen. Ich war wütend, weil ich es endgültig verstanden hatte: Marcel versteckte nicht seine Eltern, Marcel versteckte nur sich selbst. Er tat nur so, als ob er perfekt war und normal. Ich rief ihn nicht mehr an.

Genau zwei Wochen nach meinem Gespräch mit Marcels Mutter und dem Unpassenden saß Marcel am kleinen Platz mit den Tischtennisplatten. Sabrina saß neben ihm, sie küsste seine Haut, seinen Nacken. Sie wusste es nicht besser – und ich sagte nichts.

Boss

Ihr Telefon machte schon wieder das Geräusch. Es klang nach Schluckauf. Sie ließ das graue Buch mit den Zwetajewa-Gedichten fallen, drückte den Zeigefinger auf die rote Taste, so fest, dass ihre Fingerspitze weiß anlief, und mit der anderen Hand verdeckte sie ihr schuldiges, unschuldiges Gesicht. Ich kannte die Bewegung. Ich wusste, dass es wieder eine Nachricht war. Ich wusste, dass sie von Markus war. Markus war der Boss meiner Mutter. Sie sagte immer Boss, nie seinen Namen. Wann die Boss-Sache angefangen hatte, das wusste ich nicht genau. Vielleicht an ihrem ersten Arbeitstag, vielleicht am zweiten. Das war vor fast fünf Jahren. Das war nach ihrem zweiten Deutschkurs und meiner vierten Klasse. Drei Jahre lebten wir da schon in Deutschland.

Zu Hause roch es damals immer nach Rinderbrühe, Zwiebeln, Zigaretten. Denn seit dem Umzug in das neue Land hatte meine Mutter jeden Tag Gerichte aus dem alten Land gekocht. Das machte sie am Morgen. Danach telefonierte sie zwei Stunden lang mit ihrer Schwester und rauchte dazu eine Packung Vogue. Dann ging sie ins Badezimmer, das war immer am späten Mittag, da kam ich gerade von der Schule und Papa von der Arbeit. Zuerst weinte sie leise, doch nicht stumm. Mein Zimmer war neben dem Badezimmer, und ihre Tränen waren meine Uhr – es dauerte immer genau fünfzig

Minuten. Dann kam der andere Lärm, das Wasser und der Föhn, der Föhnlärm dauerte am längsten. Denn ihre Haare trug sie so lang, dass sie ihren Rücken streiften, und ihre braunen Locken brauchten Zeit. Gegen fünf Uhr kam sie heraus und sah aus wie die Frauen auf den Magazinen, die an den Kioskfenstern vor der Schule klebten. Sie wärmte das auf, was sie am Morgen gekocht hatte, und nach dem Essen las sie immer, las immer wieder ihre Zwetajewa-Gedichte.

Mit ihrer Arbeit änderte sich dieser Rhythmus. Morgens telefonierte sie und rauchte – nicht einmal eine halbe Stunde, nicht einmal eine halbe Packung –, war kurz im Bad und fuhr dann ins Büro, kam abends wieder, kochte. Das Abendessen blieb das unseres alten Landes, irgendeine dicke Suppe, danach das Zweite, so nannten wir das Hauptgericht, es war immer etwas mit Fleisch Gefülltes. Zum Weinen hatte sie zu Hause keine Zeit mehr, ich fragte mich, ob sie es jetzt bei ihrer Arbeit machte. Dort konnte sie nicht baden und nicht föhnen, nicht cremen und nicht schminken – und weil die Tränen meiner Mutter ohne das Baden, Föhnen, Cremen, Schminken unlogisch und undenkbar waren, dachte ich irgendwann, dass sie nun nicht mehr weinte und dass sie glücklich war. So wie mein Vater und wie ich. Wir mochten es im neuen Land, sie aber vermisste das alte und deswegen weinte sie. Das hatte Papa mal erklärt, der, so wie ich, die Tränen meiner Mutter ignorierte.

Doch dass das Unglück meiner Mutter nicht vorbei war, verstand ich erst an einem Wintersamstag. Da hatte sie die Arbeit schon ein Jahr. Es regnete zu grob und war zu kalt, um in die Stadt zu gehen, um überhaupt rauszugehen. Mein Vater war auf einer Messe, er war fast jedes Wochenende auf irgendeiner Messe, so ging im neuen Land die Arbeit meines

Vaters, aber so war sie auch im alten Land gegangen, auch da ist er am Wochenende immer weg gewesen. Ich lag vor dem Fernseher und wollte eine Ewigkeit dort liegen. In ihrem grünen, bodenlangen Seidenkimono stand Mama in der Tür und sagte, dass sie zur Arbeit müsse. »Es ist doch Samstag«, sagte ich. Ihre Antwort konnte ich nicht verstehen, der Fernseher war viel zu laut. Ich sagte zweimal »mhm-mhm«, während ich weiter auf den Bildschirm starrte, es lief eine Gerichtsshow, Gerichtsshows liebte ich. Dann hörte ich, wie sie ins Badezimmer ging, stellte den Fernseher auf stumm und hörte wieder Tränen, sie dauerten nicht lange, vielleicht nur fünf Minuten. Es war eine Verbesserung, das dachte ich, berechnete das Unglück meiner Mutter in Prozenten – es waren zehn – und lächelte. Nach einer Stunde kam sie aus dem Bad: mit glänzenden geföhnten Locken, rostrot gemalten Lippen und dem tiefschwarzen, dicken, pedantischen Kajalstrich, der ihre Augen rahmte und die zwei halbmondhaften Schwellungen unter ihren Lidern leicht betonte. Sie war erst Anfang dreißig und ihre Haut war glatt wie meine, nur die zwei kleinen Beulen unter ihren Augen ließen sie erwachsen aussehen.

Sie küsste meine Stirn und ging. Am Nachmittag klingelte unser Telefon, es war Sabrina aus der Schule und sie erzählte aufgeregt, dass meine Mutter beim Chinesen neben Sabrinas Haus mit einem Mann herumsaß. Ich sagte, dass sie lügte, und legte auf, ging in mein Zimmer und machte laut Musik an. Wann meine Mutter an diesem Tag nach Hause kam, hörte ich nicht, obwohl ich nachts nicht schlafen konnte. Ich blieb im Bett, bis es hell wurde, vielleicht war es acht Uhr, vielleicht auch später. Dann wollte ich wieder vor den Bildschirm, wieder den ganzen Tag dort liegen.

Die Tür zum Wohnzimmer war zu. Unser Wohnzimmer war auch das Zimmer meiner Eltern, sie klappten nachts die Couch aus. Als ich vor der Tür stand, hörte ich die Stimme meiner Mutter, sie war am Telefon. Doch ihre Schwester konnte es nicht sein, denn mit ihr sprach sie immer in der Küche. Außerdem sprach sie jetzt auf Deutsch – es war ihr junges Deutsch, vier Jahre alt, mit Fehlern und Artikeln, die nicht stimmten. Sie sagte angestrengte Sätze, die mit »Ich kann nicht mehr« anfingen oder endeten. Ich schluckte meinen Atem, um unbemerkt zu bleiben. Dann sagte sie, dass sie die Arbeit brauche, und danach mehrmals: »Bitte.« Das war das erste Mal, dass ich es ahnte, dass ich verstand, was die Boss-Sache eigentlich war. Ich ging wieder ins Bett.

Markus war so wie diese Männer, die in den deutschen Fernsehfilmen Liebe spielten. Sie hatten entweder eine Fabrik für Schuhe oder eine für Schokolade, die vor der Pleite stand, oder sie waren Familienväter ohne Frauen, die mit den Kindern Ärger hatten. In diesen Filmen tauchten dann, meistens durch Zufall, sehr laute und halbschöne Frauen mit einem falschen Lächeln auf, die die Fabriken oder Kinder retteten und so dann auch die Männer. Ich mochte solche Filme nicht. Markus hatte hellblonde, schulterlange Haare, trug sie am Hinterkopf zum Schwanz gebunden, auf seiner Stirn hatte er eine Narbe, ein kleiner Kreis, an dem er immer kratzte. Alles in seinem Gesicht war weich und rund, sodass er nicht wie ein Erwachsener aussah, sondern eher wie ein Kind, das Falten hatte. Ich sah ihn jeden Morgen im Auto vor dem Haus, denn Markus holte meine Mutter immer ab. Das erste Mal sprach ich mit ihm am Girls' Day. Das war ein Tag, an dem die Mädchen nicht zur Schule mussten, sondern sich Arbeit anschauen sollten. Ich schaute die von meiner Mutter an. In ihrem Büro war alles leblos, ordentlich und grau, die Ordner waren nach Farben aufgestellt, auf großen Tischen standen glänzende Computer, es gab dort keine Blumen, nur Plastikvasen mit Kugelschreibern, mit Bleistiften, mit Markern. Markus fuhr mir durch meine Haare, so wie man es bei Fünfjährigen macht, kratzte an seiner Narbe und redete dann lange über Arbeit, sagte, dass sie sehr wichtig wäre und er auch, und fragte meine Mutter, ob sie jetzt Kaffee für uns machen könnte. Er dachte, dass ich Kaffee trinke. Ich hasste Kaffee, weil Kinder Kaffee hassen. Doch meine Mutter machte das, was er ihr sagte, und gab mir eine Tasse Kaffee mit viel Milch drin. An diesem Tag trug sie auf ihrem glatten und herzförmigen Gesicht ein Lächeln, das ich so noch nicht kannte. Sie sah aus wie eine der Schauspielerinnen in diesen Filmen über Liebe. Sie war mir fremd.

Dann war sie schwanger. Das sagte sie mir nicht, das sagte sie am Telefon zu ihrer Schwester. Ich hörte mit, weil ich, seit sie die Arbeit hatte, jedes ihrer Gespräche mithörte, nicht wegen der Gespräche, sondern wegen des Zigarettenrauchs. Ich liebte den Geruch der Vogues. Ich saß, so wie ich immer morgens vor der Küche saß, auf dem Fußboden vor der angelehnten Tür und atmete den Rauch ein. Den Zeige- und den Mittelfinger hielt ich mir vor den Mund, als würde ich selbst eine Zigarette halten. Dann sagte sie es, sagte »schwanger«, und meine ausgedachte Zigarette fiel herunter. Ich wollte keine Schwester, keinen Bruder, stand deshalb auf und riss, als sie es noch einmal aussprach, wortlos die Tür zur Küche auf. Ich holte aus dem Kühlschrank eine Flasche Saft, schlug dann die Kühlschranktür laut zu und danach lauter noch die Küchentür.

Vielleicht hat meine Mutter meine Wut gesehen, denn ich bekam keinen Bruder, keine Schwester. Ich bekam nur diese Geräusche mit, die ihr Klapp-Motorola seitdem zu häufig machte und die sie seitdem wegdrückte, halb unschuldig, halb schuldig. Einmal föhnte sie ihre Haare und hörte nicht den Telefonschluckauf, er kam aus dem Wohnzimmer. Ich rannte hin, schaute erstarrt auf das Gerät mit dem Geräusch, das auf dem Kacheltisch zwischen der Couch und dem Fernseher lag. Es kam mir vor, als ob es mich jetzt rief. Ich öffnete die Klappe, der Bildschirm sagte: »Sie haben 1 neue Nachricht.« Der Absender war »Boss«. Ich drückte auf das Plastik, die große, grüne Taste, und sah es plötzlich leuchten: »Jetzt stell dich bitte nicht so an, das war nicht so gemeint. Du weißt, dass ich dich brauche im Büro. PS: Ich liebe dich.« Sofort drückte ich die Klappe zu, machte sie wieder auf, dann wieder zu und auf. Die Nachricht war noch immer da. Dann hörte ich die Badezimmertür, legte das Telefon auf den grüngrauen Kacheltisch, warf mich auf die blassbraune Couch, schloss meine Augen und spielte eine Schlafende. Als meine Mutter ins Zimmer kam, wusste sie sicher, dass ich spielte.

Am nächsten Abend, wir hatten gerade Tee getrunken, Tee gab es immer nach dem Zweiten, presste sie ihre Finger fest gegen das Buch mit den Zwetajewa-Gedichten und sagte, sie werde aufhören zu arbeiten. Mein Vater antwortete mit Vorwürfen. Er sagte, dass wir das Geld doch brauchten, dass wir doch eine große Wohnung wollten, dass eine große Wohnung ohne ihr Gehalt nicht möglich sei. Er sagte auch, dass niemand sonst sie anstellen würde, mit dem Akzent, mit dem ausländischen Diplom. Ich sagte nichts, und sie sagte, dass sie schon etwas anderes finden würde.

Doch etwas anderes war nicht da. Es vergingen Wochen, und zuerst war es so wie früher, denn meine Mutter lebte wieder in ihrem alten Rhythmus. Kochen, rauchen und telefonieren, weinen, baden, essen, lesen. Ihr Telefon blieb stumm. Ich ging jetzt aufs Gymnasium und meine Mutter auf das Arbeitsamt. Ihr Unglück wurde größer mit jedem Nachmittag, den sie im Amt verbrachte. Zu Hause weinte sie jetzt nicht nur im Badezimmer, sondern auch auf der Couch und in der Küche. Auf dem grüngrauen Kacheltisch standen auf einmal zwei Dosen mit Tabletten, die meine Mutter glücklich machen sollten, so hatte Papa es erklärt. Er konnte die Tränen nicht mehr ignorieren und ich auch nicht. Sie waren nicht mehr hinter einer Tür verschlossen. Als ich es nicht mehr aushielt, es war irgendwann im Herbst, sagte ich zu ihr, dass sie wieder zurück zur Arbeit gehen soll, zurück zu ihrem Boss. Dass sie so auch zurück in den Verrat gehen würde, das wusste ich. Sie auch. Und trotzdem ging sie. Vielleicht dachte sie, dass ich die Nachricht damals doch nicht gesehen und gelesen hatte. Vielleicht dachte sie aber auch, dass ich ihr die Boss-Sache jetzt erlaubte.

Das Leben war von da an so, wie es drei Monate vorher gewesen war. Kaum Tränen und jeden Tag der Schluckauf ihres Motorolas. Mein Vater ignorierte es, ich auch. Manchmal besuchte ich sie im Büro, um Sachen für die Schule zu kopieren. Markus spielte noch immer den Mann aus einem dieser deutschen Fernsehfilme, doch meine Mutter war nicht mehr eine der Schauspielerinnen, die unecht glücklich lächelten. Alles Natürlich-Unnatürliche an ihrer alten Darstellung war weg. Sie hatte Angst. Vor mir. Vor meinen Blicken, die es wussten. Denn seit der Nachricht schaute ich sie an wie einen Täter, der ein Kind oder einen Hund getötet hat. Ich war genauso wie sie auch ein Täter, da ich nichts sagte, ich sagte nichts zu meinem Vater und nichts zu meiner Mutter. Alle waren in der Boss-Geschichte Täter, auch Papa und auch Markus. Das wusste ich.

Wir zogen bald in eine große Wohnung, drei Zimmer, eins hatten meine Eltern, eins war ein echtes Wohnzimmer und eins gehörte mir. Es war wieder so leicht, wie es mal war – wäre da nicht dieses Telefon gewesen. Immer, wenn wir zu dritt vor dem Fernseher saßen, setzte der Schluckauf des Motorolas meiner Mutter ein.

An einem Abend konnte ich nicht mehr. Ich griff das Telefon, bevor meine Mutter es greifen konnte, und schmiss es gegen die Wand. Es prallte – das hatte ich so nicht gewollt – gegen den großen, golden umrahmten Sperrmüllspiegel, den Papa einmal vor dem Haus gefunden hatte. Obwohl der Spiegel ganz blieb, zeichneten sich auf seiner Fläche scharfe Risse ab. Das Motorola war gebrochen, in zwei Teile, es lag wie ein Geköpfter auf dem Boden. Ich starrte auf mein Spiegelbild, das jetzt verzerrt war, viermal sah ich in Rissen meinen Kopf, dann meinen Vater wütend von der Couch aufstehen, sah ihn nach meinen Armen greifen und mich schütteln. Meine Mutter weinte laut. Ich sagte leise, dass sie kein Opfer spielen solle. Mein Vater schrie, ich weiß nicht was. Es endete im Kinderzimmer, er schloss mich ein. Dort heulte ich so laut und falsch, dass ich nicht mehr mithören musste, was meine Eltern sagten.

Am nächsten Morgen war mein Vater weg, so wie er immer weg war, denn jeden Morgen fuhr er um sechs zu seiner Arbeit. Ich zog mich an und wollte in die Schule. Am Türrahmen stand meine Mutter in ihrem grünen Seidenkimono. »Wann kommst du heute?«, sagte sie.

»Spät, hab in der siebten und achten noch Scheißmathe.«

»Du sollst so was nicht sagen«, sagte sie, setzte sich an ihren Sekretär, fing an zu schreiben. Sie schaute mich nicht an, sie sagte nichts mehr. Ich sagte auch nichts mehr und schlug die Tür hinter mir zu. Das, was sie schrieb, sah ich erst später, nach der Schule, es war auf Deutsch, sie schrieb: »Ich bin an allem schuld.« Der Brief lag auf ihren Zwetajewa-Gedichten, daneben die zwei Tablettendosen. Sie waren leer.

An diesem Tag war Mathe ausgefallen.

Anna Prizkau, 1986 in Moskau geboren, kam in den 90er-Jahren mit ihrer Familie nach Deutschland. Sie hat in Hamburg und Berlin studiert und ist seit 2016 Redakteurin der *Frankfurter Allgemeinen Sonntagszeitung.* Sie lebt in Berlin.

Fast ein neues Leben erscheint als Buch der Friedenauer Presse. Gegründet wurde die Friedenauer Presse 1963 in der Wolff's Bücherei im Berliner Stadtteil Friedenau, dem sie ihren Namen verdankt. Der Verleger Andreas Wolff, Enkel des Petersburger Verlegers M. O. Wolff, veröffentlichte bis 1971 in loser Folge 36 Drucke. Von 1983 bis 2017 wurde der Verlag von Katharina Wagenbach-Wolff geführt, seit 2020 ist die Friedenauer Presse ein Imprint des Verlags Matthes & Seitz Berlin.

FRIEDENAUER PRESSE

Erste Auflage Berlin 2020

Göhrener Straße 7, 10437 Berlin

info@matthes-seitz-berlin.de

Gestaltet und gesetzt von Pauline Altmann, Berlin.

Verwendet wurde die Farnham und die Frontage.

Die Herstellung besorgte Hermann Zanier, Berlin.

Gedruckt und gebunden von Pustet, Regensburg.

ISBN 978-3-7518-0600-8

www.friedenauer-presse.de